NOTA DEL EDITOR

Este fragmento del diario de Charlie Small (segunda entrega de las aventuras del niño perdido) se encontró dentro de un sólido bloque de hielo en lo alto del Himalaya. No sabemos si existen más apuntes por ahí, pero si descubrís un diario de aspecto curioso, en el que se explican un montón de increíbles aventuras, o a un niño que se ha extraviado, aunque es un experto con el alfanje, por favor, poneos en contacto con nosotros; queremos saber más cosas de él.

Nota: Desde la publicación de la primera libreta de Charlie Small, el editor la ha sometido a una meticulosa investigación científica, y los resultados demuestran sin lugar a dudas que el papel tiene más de cuatrocientos años de antigüedad. De cualquier modo, el estado de la libreta, a pesar de estar desgastada y manchada de agua, indica que quizá se haya perdido recientemente.

NOMBRE: **Charlie Small**

DIRECCIÓN: **Betty Mae,**
           océano Pangaeánico, PO6 GBH

EDAD: ~~5, 20, 83, 140, 237~~ unos 400 años
           (¡Ahora debo de tener esa edad!)

TELÉFONO MÓVIL: Robado por las piratas

ESCUELA: **St. Beckham's**
           ¡Pero hace años que no he ido a la escuela!

COSAS QUE ME GUSTAN: El museo de Pitt Rivers, el chocolate, la caseta del jardín de mi abuelo y Coge y Tira.

COSAS QUE NO SOPORTO: A Espalda Plateada (un matón), el hígado, las cebollas, las bananas (¡he comido demasiadas!), St. Beckham's y los mandriles.

¡¡Odio limpiar
la cubierta!!

¡Algas!

¡MIS INAUDITAS, ASOMBROSAS, INCREÍBLES PERO AUTÉNTICAS AVENTURAS!

Charlie Small
(de unos 400 años)

Libreta 2

LAS PIRATAS DE LA ISLA PERFIDIA

pirueta

Título original: *The Amazing Adventures of Charlie Small. Journal 2:*
The Perfumed Pirates of Perfidy
© 2007 Publicado por David Fickling Books, una división de Random House
Children's Books.
© 2007 Charlie Small, del texto e ilustraciones

Primera edición: marzo de 2009

© 2008 Carol Isern, de la traducción
© 2009 Libros del Atril, S.L., de esta edición
Av. Marquès de l'Argentera, 17. Pral.
08003 Barcelona
www.piruetaeditorial.com

Impreso por Brosmac, S. L.
Carretera Villaviciosa - Móstoles, km 1
Villaviciosa de Odón (Madrid)

ISBN: 978-84-96939-74-5
Depósito legal: M-1861-2009

Si encontráis este libro, **POR FAVOR**, cuidadlo, porque ésta es la única y verdadera narración de mis impactantes aventuras.

Me llamo Charlie Small y tengo, por lo menos, cuatrocientos años, pero en tantísimo tiempo no he crecido. Alguna cosa debió de sucederme cuando contaba ocho años, alguna cosa que no logro entender. Resulta que un día me fui de excursión... y todavía estoy intentando hallar el camino de regreso a mi casa. Y aunque he organizado fugas, escupo a varios metros de distancia y conozco más palabrotas de marinero que un loro de capitán de barco, sigo pareciendo un niño de ocho años normal y corriente.

He viajado al fin del mundo y hasta el centro de la Tierra, luchado en batallas sangrientas, trepado por las jarcias de galeones podridos de carcoma y contemplado criaturas que no podríais ni imaginaros que existen. Quizá os parezca que todo esto es fantasía o mentira, pero os equivocáis. Porque **TODO LO QUE CUENTA ESTE LIBRO ES VERDAD**.

Creéroslo y compartiréis el viaje más asombroso que jamás haya hecho nadie.

Charlie Small.

Pillado con las manos en la masa

Al fin he escapado de la jungla, pero eso no significa que esté más cerca de encontrar el camino de regreso a mi casa. ¡De hecho, estoy más en peligro que nunca! Ojalá no me hubiera quedado dormido en este cuarto...

Me desperté sobresaltado al oír que la puerta del edificio hacía ¡CRAC!, se abría de repente y unas piratas ladronas entraban en tropel en la habitación. Mientras se me aproximaban con los alfanjes en ristre, advertí que se trataba de la peor banda de horribles, truculentas y espeluznantes bandidas con la que uno se podía topar... y, lo peor de todo, es que ¡eran mujeres pirata! ¿Tal vez ése iba a ser el final de mi asombroso viaje?

La banda de señoras me rodeó. Adormilado, todavía me hallaba sentado a la mesa del comedor, pues después del atracón que me había dado me quedé dormido de cansancio. Las piratas esbozaban unas horribles muecas enseñando los

—¡Eh, ooooh! —exclamé.

¡Sangre!

Alfanje

podridos dientes. ¡Me habían pillado con las manos en la masa y estaban más contentas que unas pascuas!

—¡Vaya! ¿Qué tenemos aquí? —preguntó con sorna la capitana, acercándome el alfanje al cuello, mientras le tintineaban varias pulseras de oro.

—¡Eh, ooooh! —exclamé por toda respuesta. No sé si se debía a estar inmovilizado de terror al notar la punta de un alfanje ensangrentado contra mi garganta, o por haber pasado tanto tiempo entre los gorilas de la jungla, pero me costaba hablar. Además, si hacía un movimiento en falso acabaría partido en dos como un melocotón maduro.

Podéis leer mis aventuras en la jungla
en mi otro fragmento de diario,
titulado La ciudad de los gorilas.

—He preguntado que qué tenemos aquí
—repitió la capitana, presionando un poco más con
el alfanje—. ¿Eres una lombriz o un cangrejo
ermitaño? ¿O tal vez una escuálida estrella de mar?
Bueno, di algo; ¿qué eres?

Por supuesto, sabían perfectamente qué era yo.
¡Sólo me estaban tomando el pelo y querían
hacerme sudar! Les dije que era un niño y que me
llamaba Charlie Small.

—¿Un niño? —se burló la capitana—. ¡Un
ladronzuelo, diría yo! Bueno, pues resulta que no
nos gustan los niños.

—No nos gustan los niños —repitieron las demás
sonriendo—. Y tampoco nos gustan los
ladronzuelos.

—¿Que no os gustan los ladronzuelos?
—chillé yo pensando en las joyas y el oro que había
visto en la habitación contigua—. ¡Esto es cómico!
¡Pero si hay un cuarto repleto de cosas robadas
detrás de esa puerta!

—Vaya, conque has visto nuestras cositas
especiales, ¿eh? —dijo la capitana en un tono
de voz todavía más duro—. ¡Vaya, vaya, vaya!
Es una pena, porque ahora no podremos dejar

que te marches. ¿Qué vamos a hacer con él, chicas?

—¡Cortarlo a rodajas! —rugieron—. ¡Empalarlo! ¡Despellejarlo vivo!

—¡Cortarlo a trozos, saltearlo con ron y cocinarlo a fuego lento!

—Sería un aperitivo muy sabroso...

—¡Nooo! —chillé. Tenía que detener aquella situación antes de encontrarme dentro de una olla hirviendo—. Yo soy, mmm... más duro de lo que creéis; os resultaría demasiado correoso cuando me masticarais, incluso aunque me guisarais. Si me dejáis vivir, puedo seros útil.

—¿Útil, tú? ¿Cómo?

—Bueno, sé cocinar un poco y podría limpiar todo esto... ¡Podría ser vuestro grumete!

—Encerradlo en la cámara acorazada, chicas —dijo la capitana dirigiéndome una mirada pensativa—. Tengo que pensarlo.

En el calabozo

De un empujón me metieron en la habitación del tesoro, y la puerta se cerró detrás de mí de un portazo. Oí cómo corrían los cerrojos y cerraban los candados y fui consciente de que tenía pocas probabilidades de escapar.

Aquel cuarto estaba muy oscuro, pues no había ninguna ventana y la única luz que entraba era a través de la pequeña abertura de la puerta. No tenía, pues, otra opción que esperar a ver qué sucedía.

Aquélla era una de las peores situaciones en que me había encontrado en mi vida, pues luché contra terroríficos cocodrilos y peleé con grandes monos, e incluso sobreviví a ataques de hienas hambrientas y de enormes serpientes, ¡pero nunca estuve prisionero mientras mis enemigos discutían cómo acabar conmigo!

¿Qué estarían planeando? ¿Me tirarían desde los acantilados a las puntiagudas rocas del mar? ¿O iban a asarme en la barbacoa y servirme como un pincho? ¿O...?

«Basta», me dije.

Pero estaba asustado y tenía que pensar en alguna manera de escapar de allí.

Registré la habitación en busca de algo que me fuera útil, y, entre un montón de mapas polvorientos (escondido detrás de una pila de relucientes brazaletes de oro), encontré el que mostraba la posición exacta de la isla de las piratas (lo veréis en la página siguiente); la llaman Perfidia, y es un minúsculo punto en medio de un enorme mar llamado océano Pangaeánico.

¿Acabaré en un mar infestado de tiburones?

Tortilla
(la ciudad más rica del océano
Pangaeánico; abundante en oro
y piedras preciosas)

Islas Brisas

Limonada

Shalamar

Spangelimar
(abundante en
oro y ron)

Sperifica
(abundante en
nada)

Cualquiera que delate
la localización de la
isla Perfidia será
estrangulado

Perfidia

isla de la Calavera

océano
Pangaeánico

N

E

O

S

costa Molleja

Amonia

1000 km

Publicado por Editorial Esqueleto en exclusiva para los
piratas inscritos en la Asociación Pirata

Aunque debo de haber leído cien libros de exploradores en casa, no reconocí ningún nombre de los que aparecían en el mapa. Pero me dije que quizá algún día me sería útil, así que lo enrollé, lo metí en la botella de agua y la escondí en el fondo de la mochila.

Mientras lo hacía, rocé con la mano izquierda el móvil. ¡Mi móvil! Hacía mucho tiempo que no lo utilizaba porque siempre que llamaba a casa, mamá no escuchaba nada de lo que le decía y me contestaba exactamente con las mismas palabras, ¡como si todavía fuera el mismo día en que inicié mis aventuras y me esperara en casa para merendar!

«Quizá ahora que ya estoy lejos de la jungla, funcione bien», pensé esperanzado.

Le conecté el cargador inalámbrico, lo puse en marcha y marqué el número.

—¡Mamá! —grité cuando ella contestó.

—Hola, cariño, ¿va todo bien?

—Bueno, ¡la verdad es que no! Me han capturado unas piratas y estoy encerrado en la habitación del tesoro...

—Me parece maravilloso, cariño —contestó ella—. ¡Ah, espera un momento, Charlie! Tu padre acaba de llegar. Bueno, acuérdate de no venir tarde a merendar...

—Mamá, escucha —le susurré con toda la

intensidad que pude. ¡Me estaba diciendo exactamente lo mismo que las otras veces. ¿Es que no me oía? Tenía que conseguir que lo comprendiera—. ¡Me han hecho prisionero! —grité—. Estoy en la isla Perfidia y...

Pero justo en ese momento se abrió la puerta, y la capitana entró en la habitación.

Se pronuncia la sentencia

—¿Con quién estabas hablando, chico? —preguntó mientras escudriñaba enojada la habitación.

—C... con nadie —tartamudeé mientras escondía el teléfono detrás de la espalda. Pero la capitana ya lo había visto.

—¿Qué tienes ahí? ¿Es que has cogido algunas de nuestras preciosas joyas? —gruñó—. ¡Enséñamelo ahora mismo! —Titubeé un momento, pero ella sacó el alfanje y con él asestó un golpe a una de las cajas con tanta fuerza que la partió en dos. Un montón de piezas, dignas del tesoro de un sultán, se desparramó por el suelo—. ¡He dicho ahora mismo!

Temblando, le mostré el teléfono, cuya pantalla brillaba en la oscuridad.

11

—¿Qué extraña joya es ésta, chico?

—Es un teléfono; se usa para hablar con la gente.

¡La capitana parecía confundida y me di cuenta de que sería mejor que le enseñara cómo funcionaba aquel objeto antes de que blandiera el alfanje otra vez!

Pulsé rápidamente la opción de alarma y le entregué el móvil.

«Al tercer aviso la hora será...»

La capitana dio un salto, dejó caer el móvil y blandió la espada.

—¿Quién hay ahí dentro? —preguntó con voz atronadora mientras amenazaba a la pantalla del teléfono con el arma—. ¡Sal y lucha como una mujer!

Recogí el teléfono e intenté asegurarle a la pirata que no había nada que temer. Le expliqué que solamente era una máquina y con ella uno podía hablar con gente que estuviera en el otro extremo del mundo.

Al tercer aviso...

—Ah, así que es una máquina parlante, ¿no?
—dijo en un tono de voz extrañamente tranquilo.

Yo asentí y suspiré aliviado al ver que había
conseguido que lo comprendiera.

—¿Crees que soy tonta, chico? —rugió de
repente—. ¡No existen cosas así! Esto es una caja
mágica, un juguete de mago, y debe de valer mil
fortunas. Y, además —añadió mientras se guardaba
mi teléfono y el cargador en su bolsillo—, ¡ahora
es mi caja mágica!

—¡No, no! —grité—. Lo necesito. —El
móvil era la única conexión con mi casa, y estaba
seguro de que si lo perdía nunca sería capaz de
regresar.

—A donde vas a ir no lo necesitarás, chico
—contestó la mujer con una sonrisa.

—¿Qué quieres decir?

—Ha llegado tu fin —dijo con un gruñido
mientras se me acercaba tanto que su aliento,
que apestaba a ron, me provocó escozor en los
ojos.

—¡Mi fin! —grité—. ¿No iba a ser vuestro
grumete?

—No queremos un grumete, chico, ni ningún
tipo de macho en nuestro barco, da igual que sean
niños, hombres, perros o ratas. Éste es un barco de
hembras y lo continuará siendo. Te vamos a colgar
inmediatamente del penol más cercano.

«¿Qué será un penol?», pensé, aunque fuera lo que fuese, la palabra «colgar» no sonaba nada bien.

—Sígueme —me ordenó, y me condujo hasta el patio.

Tragué saliva, muy asustado. ¿Cómo iba a salir de ésta?

El penol más cercano

Cuando llegamos a las instalaciones piratas y la vista se me hubo acostumbrado a la luz del sol, comprobé que las mujeres habían estado trabajando de lo lindo, pues en el centro del patio habían levantado un mástil de barco, y del palo que lo cruzaba colgaba una larga cuerda con un nudo corredizo en el extremo. ¡Así que eso era un penol: la horca de los piratas!

Me detuve en seco, pero la capitana me empujó para que siguiera caminando hacia el mástil mientras un miembro de la tripulación lo sujetaba y me invitaba a introducir la cabeza en él.

—Un momento, por favor —grité, atenazado por el pánico, y me encaré a la capitana. El corazón me latía con fuerza y las piernas me temblaban, pero tenía que actuar en ese momento, antes de que fuera demasiado tarde.

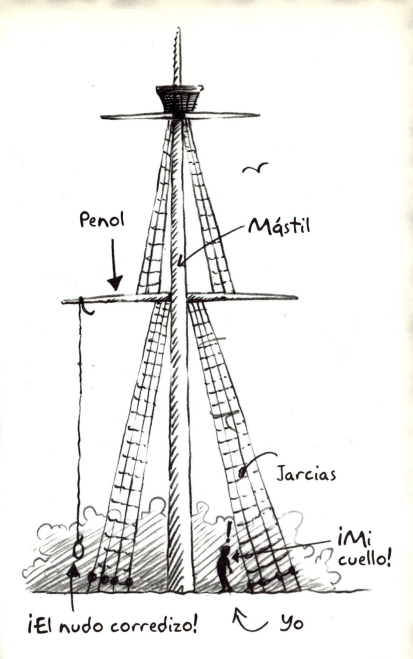

Penol

Mástil

Jarcias

¡Mi cuello!

¡El nudo corredizo!

← Yo

15

—Vaya, ¿qué es esto? —se burló—. ¿Un llorón?

—Nos encantan los llorones —dijeron a coro las demás piratas—. «¡Oh, piedad, oh, salvadme!»

Pero yo no estaba dispuesto a suplicar por mi vida, sino que me la ganaría a pulso. Confiaba en que a esas marineras les gustara tanto el juego como a mi tío Will, que trabajaba en la marina mercante.

—Apuesto a que trepo a la cima de las jarcias más deprisa que la mejor pirata de toda la tripulación —dije mientras rezaba para que aceptaran el reto.

—Quieres hacer una apuesta, ¿eh? —dijo la capitana frotándose las manos—. ¿Qué nos jugamos?

Le repliqué que si yo ganaba, ella tenía que devolverme el móvil y dejarme libre de inmediato.

—¿Y si pierdes?

—Si pierdo —contesté estremeciéndome—, pasaré la cabeza por el lazo.

—¿Estáis de acuerdo? —preguntó a gritos la capitana al resto de la tripulación, y ellas lo aprobaron con un rugido.

Yo y mi lengua suelta

Me situé al pie de las jarcias, que llegaban hasta arriba del todo del mástil, y esperé a que las piratas eligieran a quien trepaba mejor de entre ellas. Como yo había sido el rey de la jungla muchos años, estaba muy seguro de vencerla, por mucha experiencia que tuviera en escalar, porque no había muchos animales en la jungla que, colgados de los árboles, saltaran con mayor rapidez que yo; tan sólo me ganaban algunos monos de menor tamaño.

—Estoy esperando —les dije con tranquilidad a las piratas, que habían formado un corrillo mientras tomaban una decisión.

—Id a buscar a *Bobo* —ordenó la capitana a una de sus subordinadas. Ésta, moviendo mucho las caderas como los marineros, se dirigió hacia una pequeña choza situada en un rincón del patio y abrió la puerta. De allí salió disparado un bulto marrón que atravesó el patio corriendo y, chillando a todo chillar, saltó a los brazos de la capitana como si fuera un bebé de gran tamaño.

El corazón me dio un vuelco, porque *Bobo* era un mandril hembra, como las de la jungla, y sabía por experiencia lo deprisa que trepaban. Sentí que la frente se me cubría de sudor frío y me entraron náuseas al imaginarme el lazo corredizo alrededor del cuello; había cometido un tremendo error.

—¡No hay derecho! —exclamé—. ¡Dije que competiría con la mejor integrante de la tripulación, pero no con un mono!

—Pero resulta que *Bobo* es un miembro de la tripulación —dijo la capitana acariciándole la mejilla—. Un miembro muy apreciado y despiadado, por cierto.

—De acuerdo, de acuerdo, pero sigo pensando que no hay derecho —protesté.

—Tú pusiste las condiciones, chico, y debes competir... o te colgaremos.

Una carrera hasta la cima

Tiré la chaqueta al suelo y me arremangué, mientras la mandril me sonreía clavándome la vista con una mirada de malevolencia.

—Hi, hiii, hiiii —chilló, y se puso a subir y bajar por los primeros trechos de jarcias para practicar.

A un gruñido de la capitana, nos colocamos a ambos lados del mástil, sujetamos las cuerdas inferiores y esperamos a que diera la señal de salida. Verdaderamente, iba a ser una carrera para salvar la vida. La pirata sacó la pistola, apuntó al cielo y disparó. ¡PUM!

Saltamos a las jarcias, y enseguida la mona se puso en cabeza; sin embargo, la atrapé muy pronto, pues me resultaba fácil apoyar las manos y los pies en aquel entramado de cuerdas. *Bobo* me miró sorprendida; no esperaba que yo fuera capaz de mantenerle el ritmo, así que redobló los esfuerzos y volvió a colocarse en cabeza. Pero mientras trepábamos me convencí de que iba a perder, porque la mandril era demasiado rápida. Tenía que hacer algo de inmediato.

—¡Cuidado, *Bobo*! —le grité en perfecto gorila—. ¡Se te ha prendido fuego la cola!

Sabía que me entendería, y así fue. Y se sorprendió tanto al oírme hablar en el idioma de los gorilas que se detuvo para inspeccionarse el trasero, sin pensar que ni siquiera tenía cola. Cuando por fin cayó en la cuenta, yo ya había tomado la delantera. Entonces ambos corrimos hacia la cima, mientras ella chillaba indignada. Pero el truco había dado resultado y yo llegué a lo alto del mástil el primero, me senté y levanté los brazos en señal de victoria; *Bobo* me seguía a menos de un metro de distancia chillando como un alma en pena.

Cuando nos disponíamos a bajar, le ofrecí la mano en un gesto de cortesía, pero ella no sólo no quiso aceptarla, sino que me enseñó los dientes y chilló:

—¡Mentiroso, impostor, estafador! ¿Dónde aprendiste a hablar gorila?

—Tranquilízate, mona —le contesté, asombrado

por su malicia—. Yo he vivido en la jungla y fui el rey de los gorilas.

Pero era evidente que no se impresionó por esa noticia.

—Bueno, pues aquí no eres el rey de nadie, chico —me dijo, y me escupió antes de descender por las jarcias y saltar otra vez a los brazos de su amada capitana.

Sintiéndome muy aliviado, bajé tras ella, y, aunque me granjeé como enemigo a uno de los animales más desagradables que conocía, gané la apuesta. Pero ¿mantendrían las piratas su parte del trato?

—Aquí no eres el rey de nadie, chico —me dijo Bobo.

Las piratas estaban enfurruñadas porque tenían muchas ganas de presenciar un buen ahorcamiento, pero estuvieron de acuerdo en no colgarme, al menos, de momento.

—Bueno, entonces —dije intentando aparentar una tranquilidad mayor de la que sentía—, si me devolvéis el teléfono, me marcho.

—¡No vayas tan deprisa, chico! —rugió la capitana, y las piratas me rodearon cerrándome el paso—. Cómo sabemos que no te has quedado con ninguna de nuestras preciosas joyas, ¿eh? —Y antes de que pudiera escabullirme, me quitó la mochila de la espalda y tiró todo el contenido de mi equipo de explorador al suelo. Éste consistía en lo siguiente:

1) Mi navaja multiusos
2) Un ovillo de cuerda
3) La botella de agua (¡con el mapa escondido dentro!)
4) Un telescopio
5) Una bufanda
6) Un viejo billete de tren
7) Este diario
8) Mi pijama
9) Un paquete de cromos de animales salvajes
10) Un tubo de

Caramelos
(¡de sabor muy fuerte!)

pegamento (para pegar cualquier hallazgo interesante en mi libreta)

11) Una enorme bolsa de caramelos de menta (medio vacía)

12) Una porción de bizcocho de menta Kendal

13) Un ojo de cristal del rinoceronte a vapor

14) Una enorme hoja del corazón de la jungla

15) El cuchillo de caza, la brújula y la linterna que encontré en el cadáver, descolorido por el sol, de un explorador extraviado

16) Un diente de un monstruoso cocodrilo de río.

—¡Vaya montón de basura! —se burló una de las piratas. Pero a pesar del tono despreciativo, se quedó con el cuchillo de caza y la linterna.

Crucé los dedos confiando en que nadie tocara la botella de agua.

La capitana, que parecía decepcionada, les dio una patada a los restantes objetos y me preguntó:

—¿No tienes más sorpresas, chico? ¿No hay más cajas mágicas? —Negué con la cabeza, esperando que no se le ocurriera romper ninguno de los importantes descubrimientos que guardaba de mis aventuras anteriores—. Entonces, ¿cómo piensas pagarnos para que te llevemos a tierra firme?

Yo mostré una expresión bobalicona, pues no había pensado en esa posibilidad.

—¿Es que no hay ningún transbordador? —pregunté, intentando ganar tiempo, mientras me apresuraba a guardar de nuevo mis cosas en la mochila.

—Estás a cientos de kilómetros de cualquier lugar, chico, y somos las únicas que conocemos esta isla. —La capitana me miró con malicia—. Somos tu única manera de salir de aquí. Y si no puedes pagar... ¡tendrás que trabajar! ¡Llevadlo a bordo del *Betty Mae*, chicas, y preparaos para zarpar!

El Betty Mae

Ahí es donde me encuentro ahora. Quizá no haya acabado colgado del penol, ¡pero estoy más prisionero que nunca!

Me han encerrado en una habitación que huele que apesta, y encadenado a una gruesa viga; el suelo de madera sobre el que me siento está empapado y resbala, y lo único que distingo del mundo exterior, entre los tablones podridos del casco del barco, es un trozo de los peñascos; dispongo de muy poca luz para escribir.

No tengo ni idea de qué me va a suceder. ¿Acaso me veré obligado a saquear y desvalijar como un miembro más de esta banda de piratas sedientas de sangre? Ni siquiera sé hacia dónde navegamos, pero

¿tal vez se me presentará la oportunidad de escapar cuando lleguemos a donde sea? ¿Y cómo voy a recuperar el teléfono y el cargador que tiene la capitana?

Demasiadas preguntas para las que no poseo respuesta. Mientras tanto oigo a las piratas maldecir y gritar, y el barco cruje y gime. Pero sé que lo único que puedo hacer es esperar a ver qué sucede.

Continuaré mi diario tan pronto como pueda.

¡tuve que ponerme estos calcetines de hierro!

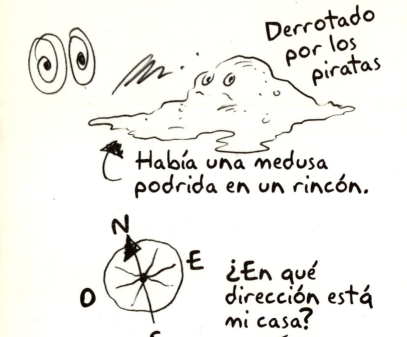

Derrotado por los piratas

Había una medusa podrida en un rincón.

¿En qué dirección está mi casa?

Las piratas apestan. ¡De verdad!

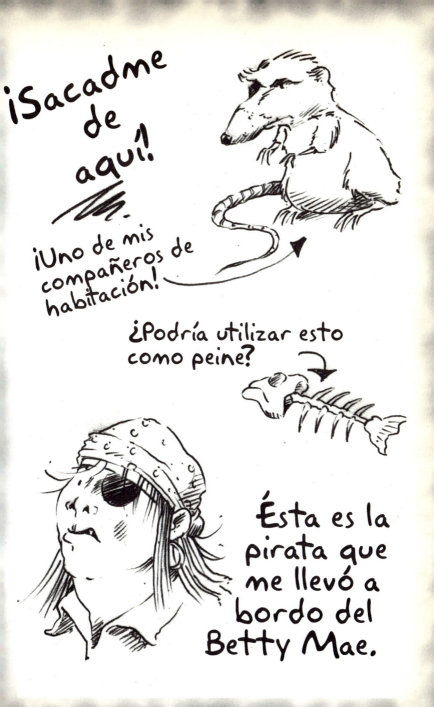

¡Los deberes de un grumete!

Cuando vuelva a estar en casa, nunca más protestaré por tener que ordenar mi habitación, pues aquí he estado trabajando sin parar y me he agotado por completo; incluso estoy demasiado cansado para tener miedo; bueno, casi, casi. En cuanto llegamos a alta mar, me pusieron a trabajar, y ¡no os creeréis las tareas que he tenido que hacer!

Esta mañana, una pirata vieja y arrugada me ha venido a buscar y me ha llevado a cubierta, donde la capitana ladraba órdenes y reprendía a quienquiera que no las cumpliera lo bastante deprisa.

—¡Ah, ya has venido! —me gruñó ella—. Bueno, querías ser nuestro grumete, ¿no? Pues ya puedes empezar a ganarte la manutención; aquí tienes una lista con tus tareas.

Me entregó un grasiento rollo de papel que se desenrolló en cuanto lo cogí. Me quedé boquiabierto al ver que la lista era tan larga como mi brazo, y me esforcé por entender aquella pésima caligrafía:

5.30	Preparar el desayuno para toda la tripulación (200)
7.00	Servir el desayuno
8.00	Fregar los platos
9.00	Limpiar la cubierta principal

10.00	No está bien limpia; volver a limpiarla
11.00	Repartir té y galletas entre la tripulación (menos para ti)
12.00	Hacer la hamaca de la capitana y limpiar su dormitorio
13.00	Preparar la comida para toda la tripulación
14.30	Fregar los platos
16.00	Arreglar las velas
17.00	Limpiar la jaula de *Bobo*
17.30	Preparar el té
19.00	Servir el té
20.00	Fregar los platos
21.00	Hora de tu cena (agua, pan y pasta de gaviota solamente, bajo pena de muerte)
21.10	Encender las lámparas de aceite
21.30	Limpiar el retrete
22.00	Sacudir las almohadas de la capitana
22.30	Llevarle el ron a la capitana
23.00	Leerle un cuento para dormir a la capitana
23.30	Cualquier otra cosa que se le ocurra a la capitana
Medianoche	Encerrarte

—Esto es imposible —dije, asombrado—. No puedo hacer tantas cosas. ¡Si ni siquiera soy capaz de tener ordenada mi habitación!

—Querías ser el grumete, ¿no? —repitió la capitana—. Claro que, si no cumples con tus obligaciones, siempre puedes dar un largo paseo por un trampolín muy corto y...

—Vale, vale. ¿Dónde está la cocina?

—Eso está mejor, chico. Y no se llama cocina, sino galera.

El chef, Charlie Small

Como nunca he cocinado nada en casa y, desde que estoy corriendo aventuras, he vivido básicamente de bananas y caramelos de menta, no tengo ni idea de guisar bien ni conozco la mitad de los nombres del contenido de los potes alineados en los estantes de la galera.

Y cuando vi en qué estado se encontraba el fregadero, solté un gemido de horror, porque en él se apilaban montones de ollas y sartenes que, como era obvio, no se habían lavado hacía años. En todas ellas habían quedado incrustados restos de comida y se veía moho en la maloliente porquería pegada en el fondo de las sartenes. Me quedé sin aliento. ¡Qué asco! Entonces busqué el jabón.

Por supuesto, no había, y lo único que hallé fue un estropajo sucísimo que parecía haber sido utilizado para limpiar carbón. Gemí largo y tendido... No podía hacer otra cosa que arremangarme la camisa y ponerme a trabajar.

De modo que froté, rasqué y pulí durante horas hasta que los brazos me dolieron y las manos me quedaron tan arrugadas como las de mi abuela. Al fin, las cacerolas quedaron alineadas en una fila, relucientes como si fueran nuevas. Me sentí muy complacido conmigo mismo y, justo cuando empezaba a pensar en qué podría guisar que le gustara a todo el mundo, la capitana entró para ver cómo me iba.

—¿Está lista la cena? —preguntó olisqueando el aire con expectación.

—No, pero ya he terminado de lavar las cazuelas. —Y le señalé las lustrosas cacerolas, esperando una exclamación admirativa.

—¿Por qué pierdes el tiempo limpiándolas? Cocinamos siempre con ésa —ladró la capitana mientras me indicaba un caldero enorme que había en un rincón; era lo bastante grande para guisar a un hipopótamo—. Espabílate o la gente se me va a amotinar.

Entonces atisbé el interior del enorme caldero. ¡Qué horror! Las paredes rebosaban de comida incrustada, así que fui a buscar un estropajo, un martillo y un cincel, salté dentro del caldero y empecé a limpiar otra vez.

Tardé media hora en quitar la peor parte de la mugre. Cuando acabé, encendí el fuego y eché varios cubos de agua dentro. Y ahora, ¿qué? Busqué en las estanterías y encontré un libro de recetas titulado *Los 100 platos favoritos de los piratas*.

«Esto servirá», pensé.

El libro se me abrió por una página titulada «Guisado escurridizo». ¡Uuuf! El ingrediente principal de la receta eran anguilas, muchísimas

Una resbaladiza y babosa anguila pangaeánica (¡Puf!)

anguilas, pero como parecía bastante fácil de preparar, me puse a buscar por la galera. Al levantar la tapa de un barril, me llevé el mayor susto de mi vida: ¡estaba lleno de anguilas gordas, escurridizas y temblorosas! Necesitaba cincuenta anguilas para el plato, pero cuando intenté coger una, ésta salió disparada de entre mis manos, cayó al suelo, se escurrió por la puerta, atravesó la cubierta y cayó al mar. ¡Iba a ser más difícil de lo que creía!

Volví a intentarlo, con el mismo resultado. Estaba claro que necesitaba ayuda; así pues, asomé la cabeza por la puerta de la galera justo en el momento en que una corpulenta pirata canosa pasaba por delante.

—Perdón, pero no puedo sacar las anguilas del barril.

La pirata se detuvo y me miró como si yo fuera una cola de rata que acabara de encontrar en el plato de sopa.

—¿Y qué?

—Bueno, pues que estoy preparando un guisado escurridizo y no quedaría muy sabroso sin anguilas, ¿verdad? —Estaba seguro de que tampoco lo sería con ellas, pero no se lo dije.

—¿Un guisado escurridizo? Pero si es mi plato favorito. —La pirata sonrió y, dándome un empujón, entró en la galera. A continuación metió el brazo en el barril, atrapó una anguila con su mano de hierro, la estampó contra la mesa, se sacó un temible machete del cinturón y... ¡clac! Cuarenta y nueve anguilas más siguieron el mismo proceso antes de caer en el caldero. Satisfecha, la pirata se secó las manos en los pantalones y me dejó para que terminara de preparar la comida.

Añadí los demás ingredientes —cebollas, pimientos, especias exóticas y hierbas— y removí sin cesar, mientras el caldo de anguila se iba espesando y adquiría un tono amarillento. La verdad es que olía bastante bien, y como estaba muerto de hambre, busqué un cucharón; pero cuando me disponía a probar el guiso, oí que la ventana chirriaba. Allí estaba *Bobo*; me había estado observando todo el rato, y en ese momento recordé lo que la capitana me había dicho: yo estaba a régimen de prisionero a base de pan y agua y pasta de gaviota. No me imaginaba qué pasaría si me pillaban robando la comida de las piratas... ¡Pero pronto iba a averiguarlo!

¡Un guiso escurridizo de rechupete!

Una advertencia

La capitana entró en la galera.

—Vaya, querías servirte un poco de comida, ¿eh? —gruñó.

35

—Lo siento, me he olvidado de las órdenes.

—Bueno, pues para que no vuelvas a olvidarlas, voy a enseñarte una cosa. ¡Ven! —La seguí hasta la cubierta—. ¿Ves esa desvencijada jaula? —me preguntó mientras señalaba un pequeño receptáculo oxidado que colgaba de las jarcias—. Resulta que, un día, nuestra última cocinera decidió servirse una magnífica pierna de cerdo. ¡Una pierna entera! Pero la buena y vieja *Bobo* la vio y me informó de ello. Como la cocinera estaba bastante gorda, nos costó un trabajo tremendo meterla en esa jaula, pero al final lo conseguimos y la bajamos por la borda. Has de saber que estas aguas están plagadas de un pequeño pez muy voraz que se

La terrorífica anchoa comedora de carne (a tamaño real).

llama «anchoa comedora de carne». Pues bien, la cocinera estuvo sumergida en el agua solamente dos minutos, pero cuando volvimos a izar la jaula,

¡Un hueso y un trozo de molleja!

ésta estaba vacía, a excepción de un hueso y un escurridizo trozo de molleja. ¿Lo comprendes, Charlie?

Lo comprendí perfectamente; no volvería a robar la comida de las piratas. Y, si lo hacía, ¡me aseguraría de que no me pillaran!

La banda de señoras piratas número uno en el mundo

Han pasado muchos días sin parar de frotar, limpiar y cocinar. Pero nunca he conseguido terminar la enorme lista de tareas porque la capitana siempre va añadiendo nuevos y horrendos trabajos. Al mismo tiempo *Bobo* tampoco me facilita las cosas, pues hace todo lo que puede para que mi vida sea más desagradable: se cuelga en silencio de las jarcias para darme golpes o tirarme del pelo, me vuelca el cubo del agua cuando limpio las cubiertas y se chiva a la capitana si me dejo algún rincón de la galera por fregar. Es una bravucona con mala sombra.

Mientras trabajo intento pensar en maneras de recuperar el teléfono móvil y escapar, porque todos los días me arriesgo a una nueva amenaza de muerte a manos de estas pérfidas piratas, de las que no me fío ni pizca; siempre he de estar alerta. Pero aunque lograra escapar del barco, tendría que encontrar tierra firme y ¿quién sabe a cuántos kilómetros debe de estar? Lo único que puedo tratar de hacer es adivinar dónde nos hallamos a partir del mapa que escondí en el fondo de la mochila. Así que, de momento, parece que estoy atrapado a bordo de esta destartalada barcaza de bandidas de mal carácter. Sin embargo, hoy he aprendido muchas cosas sobre ellas.

Estaba frotando la cubierta cuando presentí que me observaban, y, al levantar la vista, me topé con Lizzie, una mujer enorme, mugrienta y cubierta de tatuajes, quien, con un vaso de ron en la mano, se apoyaba contra un montón de barriles y me sonreía.

—Vaya, la verdad es que no tienes ni idea de limpiar, ¿verdad? —se burló—. Es algo típico en los hombres; sois vagos y apestosos. ¡Eres igual de inútil que todos ellos!

¿Apestoso, yo? ¿Cómo se atrevía a decírselo a nadie, si

su tufo marchitaba las flores a cincuenta pasos de distancia?

—Ah, pero tú sí sabes hacerlo, ¿no? —repuse con sarcasmo—. Me he dado cuenta por lo impecable que está el barco, aunque he visto cubos de basura más limpios.

—Sabemos frotar y limpiar perfectamente —replicó Lizzie, cortante—. Pero ¿por qué crees que nos convertimos en piratas?

—¿Qué quieres decir?

Se sirvió otro vaso de ron, dio un largo trago y, dirigiendo la vista hacia el horizonte, dijo:

—Verás, hace tiempo nosotras éramos unas buenas amitas de casa, que cuidábamos del hogar para nuestros maravillosos esposos piratas ¡mientras ellos se iban meses enteros a correr aventuras y a robar montones de dinero!

—¿Vuestros esposos eran piratas?

—Claro que sí; los mejores del océano Pangaeánico que robaban muchísimos tesoros. Pero el problema era que cuando regresaban, ya se lo habían gastado todo. Y encima tenían la cara de quejarse si la comida no les esperaba en la mesa en cuanto llegaban. ¡Se volvieron unos chalados!

—¿De verdad? —exclamé, y dejando el cepillo en el suelo, me senté en cuclillas y le pregunté—: ¿Y qué hacían?

—Despotricar, quejarse, patear y maldecir. Todos

eran iguales: montaban en cólera, desenfundaban las espadas y arrasaban la casa, rompiendo y cortando los muebles hasta que éstos se convertían en serrín; luego se encontraban en la taberna, se gastaban el dinero que les quedaba y regresaban al barco en busca de más aventuras en alta mar. Y llegó un momento en que nos hartamos de esa situación; ya habíamos limpiado y cocinado bastante mientras los hombres se iban por ahí y se divertían. Así que Ivy organizó una reunión con todas las esposas de los piratas y decidimos convertirnos en piratas nosotras también. Somos la primera tripulación de mujeres del mundo. ¡Y no hemos limpiado nada desde entonces!

—¿Quién es Ivy?

—Es la capitana, pero no la llames nunca por su nombre, o se hará un liguero con tus tripas. Le pareció que Ivy no sonaba lo bastante temible, así que se cambió el nombre por el de Cortagargantas, y lo cierto es que le sienta bien. Es la pirata más valiente y sangrienta de todos los mares, y nos hemos convertido en el azote del océano.

—¿Vuestros esposos saben que sois piratas?

—Por supuesto que lo saben —se rio Lizzie—. Mira, un día atacamos un barco enorme de cuatro mástiles; nuestros cañones rugieron horas y horas, y, cuando por fin el humo se disipó, comprobamos que los marineros que colgaban de los restos del navío naufragado eran nuestros esposos. ¡Cómo nos reímos y cómo chillaban ellos! Nos decían: «¡Traidoras!». O bien: «¡Volved a casa y preparad la cena». ¡Pero era muy poco probable que lo hiciéramos! Por el contrario, les quitamos el tesoro que escondían, navegamos hasta un puerto y nos fuimos de compras hasta que nos caímos de cansancio. ¡Ah, qué bien lo pasamos! —añadió, con expresión soñadora. Pero, de inmediato, volvió a la realidad y gritó—: ¿Qué haces ahí sentado sin hacer nada? Claro, típico de un macho haragán.

Dicho esto, se terminó el vaso de ron y cruzó la cubierta de estampía.

O sea que, por ese motivo, aborrecían tanto realizar las labores domésticas, y yo me tenía que dejar la piel fregando, puliendo y limpiando sus porquerías. Tengo que salir de esta prisión flotante... ¡lo antes posible!

La capitana Cortagargantas

Mis compañeras de barco

Al principio, cuando inicié mis aventuras, me propuse dejar constancia de cualquier especie poco habitual o exótica que descubriera, y no hay nada menos usual que este grupo de mujeres delincuentes. De modo que he dibujado a algunas de mis encantadoras compañeras de barco.

Capitana Cortagargantas
Recorre la cubierta gritando órdenes y blandiendo el alfanje mientras *Bobo,* que gruñe y chilla sin parar, la sigue pisándole los talones como si fuera un perro de gran tamaño.

Bobo
(una buena pieza)

Rawcliffe Annie
Esta pirata, cuya
piel es del color del
jamón cocido,
tiene la nariz
como un hacha
y la utiliza para
partir cocos.

Rawcliffe
Annie

Lizzie Hall

De brazos musculosos, es la mejor remera de las piratas; lleva el cuerpo cubierto de tatuajes de galeones y animales salvajes.

¡Los músculos de **Lizzie Hall** son extraordinarios!

Kate, Cabeza de Escoba

Ésta es la pirata más joven; no es mucho mayor que yo cuando inicié mis aventuras. Fue raptada durante un ataque a medianoche a un pueblo de pescadores, porque las piratas necesitaban una sirvienta. No la tratan mucho mejor que a mí, pero tampoco es más simpática que el resto de la tripulación.

¡A Kate, Cabeza de Escoba, la raptaron cuando era una niña pequeña!

¡Barco a la vista!

¡Ya llevamos un mes en el mar, y el *Betty Mae* ha llevado a cabo su primer ataque!

Yo estaba preparando el desayuno a base de esponja de mar tostada y una extraña especie de mermelada, llamada Sirena, cuando oí un grito procedente de la cofa:

—¡Barco a la vista! ¡Y es muy gordo!

Inmediatamente, la capitana Cortagargantas ordenó virar y perseguimos a un enorme barco mercante. Cuando se dieron cuenta de que iban a ser atacados, ya no había remedio.

Quizá el *Betty Mae* sea un barco viejo, pero es muy rápido, de manera que cuando Cortagargantas izó la bandera pirata, ya nos habíamos colocado al lado de nuestra presa. Entonces retumbó un cañón, pues habíamos lanzado un disparo de aviso al navío mercante, y cuando nuestro barco se colocó al pairo, la tripulación saltó al abordaje del mercante con las espadas enarboladas y las dagas entre los dientes.

Me oculté entre las sombras de la popa y observé atónito cómo las piratas obligaban a los pasajeros a ponerse en fila y les robaban las joyas, los bolsos y los pañuelos de seda que llevaban. El corazón me latía con una fuerza semejante a la de un pistón, pero no sabía si era de excitación o de miedo.

Algunas piratas bajaron a la bodega y volvieron cargadas de cajas y cajones repletos de oro que transportaron a bordo del *Betty Mae*; la operación terminó en cuestión de minutos. No obstante, nadie había sufrido ningún daño, y yo pensé que quizá mis piratas captoras no fueran tan malas, después de todo. Pero entonces averigüé lo crueles que podían llegar a ser.

Un largo paseo

Uno de los pasajeros del barco mercante se negó a vaciar los bolsillos.

—¡Fuera, vagabundas! —gritó—. ¡No os quedaréis con mi dinero!

—¿Ah, no? —La capitana sonrió—. Bueno, quizá tú sí quieras un poco del mío...

—N... no... sé qué quieres decir —tartamudeó el hombre.

—Toma esto —repuso Cortagargantas, y le dio dos pesadas bolsas cargadas de oro—. Aquí tienes; métetelas en los bolsillos. ¡Adelante, son tuyas!

Confundido, el hombre se las guardó en los

hondos bolsillos de su abrigo, de muchos botones.
El peso de las bolsas le hizo doblar un poco las
rodillas.

—Y ahora —añadió Cortagargantas—, vamos a
dar un paseo.

Empujó al hombre hacia la
borda del barco apoyándole
la punta del alfanje. A todo
esto, Rawcliffe Annie apareció
con un largo tablón de
madera, corrió hacia una
portezuela
que se
abría
en la
barandilla y lo
fijó firmemente
en la cubierta
para que
sobresaliera del
barco.

—Yo, bueno,
he cambiado de
idea —dijo
el hombre al
ver el tablón que
pendía sobre las
olas—.

El desafortunado
mercader

Aquí tienes tu dinero... y el mío... todo. Tengo mucho.

—Déjalo donde está —repuso Cortagargantas—. Y ahora, date la vuelta y camina.

—Y empujó al hombre con la punta de la espada y lo obligó a andar por el tablón.

—Craik, el cazador de piratas, se va a enterar de esto —amenazó el hombre.

tablón

¡Annie fijó el tablón en la cubierta!

—¿Ese viejo timador? No es más que un charlatán. Por cierto, si alguien lo ve, que le transmita lo que acabo de decir. ¡Vamos, camina!

Estaba conmocionado; no podía creer lo que veía. Seguramente, la capitana no hablaba en serio. Yo estaba a punto de gritar, cuando ella le dio un último empujón con el alfanje y envió al pobre hombre al extremo del tablón de madera. El

50

mercader cayó al agua y, a causa del peso del oro que llevaba en los bolsillos, se hundió como una piedra.

Las piratas soltaron un rugido de alegría mientras el desgraciado desaparecía bajo las olas. Me quedé clavado donde estaba, horrorizado ante lo que acababa de presenciar, pero las piratas no parecían preocupadas en absoluto. Cuando el hombre hubo desaparecido, no volvieron a pensar en él ni un segundo.

Me dediqué a observar el mar en busca de algún signo de la víctima, pero no vi nada. Corrí, entonces, hasta el otro extremo del *Betty Mae* y miré desde ahí. Tampoco vi nada. Pero, de pronto, el hombre salió a la superficie con la boca abierta buscando aire. ¡Había conseguido desabrocharse el abrigo! De momento estaba a salvo, pero no podía ir a ninguna parte.

Rápidamente eché una ojeada a la cubierta y, junto al mástil mayor, vi un montón de barriles de ron vacíos. Como las piratas estaban demasiado ocupadas a bordo del navío capturado y no me veían, me acerqué corriendo y lancé uno de ellos al agua. El barril flotó hasta el hombre, que se subió encima, y, saludándome silenciosamente con la mano, se alejó a la deriva.

«Qué terrible banda de corazones despiadados tengo por compañeras de barco —pensé—.

¿Cuándo podré escaparme de estas peligrosas maleantes?»

La hora del cuento

La capitana estaba de muy buen humor cuando fui a leerle el cuento esa noche. Guarda un montón de libros robados, pero hasta que yo aparecí, no había nadie que supiera leérselos lo bastante bien. Y ahora siempre insiste en que yo me encargue de las historias de aventuras y hazañas en alta mar.

Normalmente, siempre espero con ganas que llegue ese momento porque, aunque Cortagargantas ruge amenazas al héroe del cuento, blandiendo la espada en alto, da mucho menos miedo que cuando lo hace al natural. Pero después de haber visto lo que le ha hecho al mercader, yo estaba muy impresionado, así que me senté al lado de su hamaca y, muy nervioso, le empecé a leer el cuento en susurros.

—¡Vamos, Charlie, ponle un poco de emoción! —exigió ella—. ¿Qué te pasa esta noche? Dale un poco de vida a la historia o tendrás el mismo destino que ese tonto en el extremo del tablón.

Me acongojé porque estaba seguro de que lo decía en serio; por lo tanto, me metí de lleno en la

¡La capitana Cortagargantas blandía la espada en alto!

historia y la interpreté del todo: imité las voces y realicé escenas de acción, saltando de la silla a la mesa y de ahí a la araña de luces, intentando representar un desesperado enfrentamiento a espada contra un enemigo invisible.

¡A Cortagargantas le encantó! De tal modo que

rugió de aprobación e hizo molinetes con la espada, complacida.

—Bien hecho, Charlie —dijo, alegre, cuando terminé la pantomima—. Ha sido el mejor cuento que me has leído hasta ahora y te mereces un premio. Qué te gustaría, ¿eh?

—Mi teléfono —dije sin pensármelo dos veces—. Me encantaría recuperarlo.

—¡Ay, Charlie! —suspiró ella mientras sacaba mi teléfono y el cargador de debajo de la almohada y se acariciaba la mejilla con el móvil—. Sabes que no puede ser; ésta es mi joya más preciada. Tendré que pensar en otro premio. ¡Pero, ahora, hazlo funcionar! —me ordenó.

Así pues, lo cargué e hice que le sonaran todos los tonos hasta que la capitana me dijo que quería escuchar la hora. Entonces activé la alarma y se lo sostuve junto al oído; sonreí al escuchar que la grabación decía que era la 1.45 y 15 segundos del domingo 17 de abril. Creo que ése debió de ser el momento en que el rayo me atravesó y dieron comienzo mis aventuras. El teléfono repetía la misma información cada vez que lo activaba, pero eso no le preocupó a Cortagargantas lo más mínimo, y se limitó a quedarse sentada en la cama con cara de asombro.

—Bueno, hemos de pensar en tu recompensa —dijo mientras volvía a guardar el teléfono y el

cargador bajo la almohada—. Déjame pensar... Ah,
ya lo sé: ¡comida! A todos los chicos les gusta
comer. Qué te parece, ¿eh?

—¡Oh, sí, sí! —grité, y me imaginé sentado al
lado de la tripulación dándome un atracón de
albatros asados y salsa de algas, o hamburguesas de
tiburón con patatas—. ¡Sería fantástico!

—Está bien. Le diré a Kate, *Cabeza de Escoba*,
que te traiga algunas sobras todas las noches.
¡Ahora vete a la cama!

¡Conque las sobras! ¿Y ya está? Bueno, sin duda
era mejor que nada, y claro, después de pasar
semanas comiendo pan con pasta de gaviota, todo
me parecía un festín. Una vez que me instalé
—encadenado— en mi apestoso cuarto, esperé a
que Cabeza de Escoba apareciera con mi rancho.
Suponía que no se trataría de un banquete, pero el
estómago se me ha estado retorciendo desde que
llegué a bordo de este barco, y cuando no maquino
maneras de escapar o de recuperar mi teléfono,
acostumbro a imaginar mesas repletas de manjares
fantásticos. ¡Incluso esta noche he soñado con
comida!

Al oír accionar la llave en el cerrojo de la puerta,
la barriga me rugió de hambre y expectación. Y
Kate entró con mi premio.

¡Un millón de gracias!

Miré con incredulidad el cuenco lleno de cartílagos y de unos trocitos viscosos, grisáceos y en forma de tubito. Yo esperaba, por lo menos, un trozo de pastel de calamar o un bol con gelatina de medusa.

—¿Eso es todo? —pregunté—. ¿Ésta es mi comida?

—La capitana me ordenó que te trajera algunos restos que se guardan en el armario —comentó Kate—. Pero si no los quieres... —Y estuvo a punto de llevárselo.

—¡No, no, ya vale! —exclamé sujetando el cuenco. Tenía tanta hambre que me hubiera comido una cuchara, de modo que me llevé el bol a la boca y sorbí uno de los viscosos pedacitos. ¡Era asqueroso!

—Que comas a gusto —dijo Kate, y me dejó mascando un trozo de cartílago y un mendrugo de pan pastoso.

Los pedacitos viscosos y con forma de tubito. ¡Puf!

La lucha contra la babosa

La emoción y el peligro no terminan nunca, pues hoy POR POCO PERECEMOS TODOS en un ataque que el *Betty Mae* ha sufrido al amanecer. Pero no fue un barco lo que estuvo a punto de acabar con nosotros.

Me acababan de soltar de mi celda, y, todavía con la vista borrosa, me dirigía a la galera para preparar el desayuno cuando, de repente, el *Betty Mae* se inclinó a un lado de forma alarmante. Las cajas y los paquetes salieron disparados de los estantes y las ascuas del fuego se desparramaron peligrosamente por el suelo. Yo resbalé y crucé patinando la galera de punta a punta, y, mientras me levantaba, se oyeron gemidos y chillidos y el barco se inclinó hacia el otro lado; al mismo tiempo, una ola de agua barrió la galera y apagó las ascuas del fuego. A continuación el barco alzó la proa del agua y hundió la popa en el mar. ¿Qué estaba sucediendo?

Salí corriendo al exterior y me encontré ante una visión horrible: una enorme y asquerosa babosa apoyaba medio cuerpo sobre la cubierta de proa; era gigantesca, grande como una casa. En aquel momento había emergido completamente del mar y se metía del todo en el barco; avanzaba despacio por la cubierta y, a su paso, dejaba enormes pegotes de porquería que le rezumaban del cuerpo.

¡Una babosa de mar gigante!

La capitana Cortagargantas gritaba órdenes a la tripulación, presa del pánico:

—¡Adelante, bobas cobardes! ¡Devolvedla al mar!

Pero las desafortunadas piratas quedaron atrapadas en la porquería de la babosa, como si se hubieran metido en un charco de pegamento. El monstruo continuó avanzando mientras ellas chillaban aterrorizadas, y al cabo de un momento, las aplastó bajo su enorme cuerpo. La bestia ladeó la cabeza, abrió sus fauces babeantes, enormes y sin dientes y... Bueno, no hace falta decir qué sucedió luego.

—¡Estamos perdidas! —gritó Rawcliffe Annie. Y su exclamación se oyó a pesar de los chillidos de las demás piratas que se habían quedado pegadas en la cubierta.

De repente, el *Betty Mae* volvió a crujir y a gemir mientras continuaba inclinándose peligrosamente bajo el peso de la babosa, que proseguía su lento avance, y todos nos caímos al suelo. Entonces un enorme charco de baba se esparció por la cubierta y no nos tocó por pocos centímetros.

Algunas piratas intentaron preparar un bote salvavidas, pero con las prisas se enredaron con las cuerdas y el bote cayó al mar y se rompió al chocar contra el agua. A continuación el mástil mayor también cayó al mar; la babosa lo había partido con tanta facilidad como si se tratara de una astilla, y al hacerlo, vertió otro inmenso charco de baba que se deslizó desde la cubierta de proa hasta la cubierta inferior. Tenía que ocurrírseme algo lo más deprisa posible. Pero ¿cuál era la solución?

«¡Piensa, Charlie, piensa!», me dije.

Y entonces recordé mis cromos de animales

salvajes. Los saqué con precipitación de la mochila y busqué uno tras otro. Era una posibilidad muy remota, pero ¿quién sabía...? ¡Y, en efecto, ahí estaba: un cromo de la babosa de mar gigante! Decía así:

Longitud total: 20 metros

CALIFICACION COMO DEPREDADOR

15

LA BABOSA DE MAR GIGANTE

¡Mucho cuidado! Estas enormes criaturas son extremadamente peligrosas; habitan en las profundidades de los mares más remotos y capturan a sus presas con la sustancia pegajosa que les sale de la piel. ¡La única arma eficaz contra esta grotesca criatura es el curri en polvo! (Esto no lo sabe mucha gente y, si lo saben, muy raramente tienen esa especie a mano cuando son atacados.) Mejor medio de defensa: ¡CORRER!

CROMOS DE ANIMALES SALVAJES

«¿Curri en polvo? —gemí para mis adentros—. ¿Quién lo tiene a mano cuando una babosa de mar lo ataca?»

Pero entonces me acordé: ¡yo lo tenía! Bueno, más bien era chile en polvo, que viene a ser lo mismo, o por lo menos, eso esperaba.

Volví corriendo a la galera y busqué entre los barriles de especias y condimentos hasta que encontré lo que buscaba: chile en polvo extrafuerte Overham's. Era un curioso barrilito forrado de plomo, cuya etiqueta advertía que si se tomaba una cantidad mayor que una cucharadita de café, podía tener graves consecuencias, de las cuales el fabricante no se hacía responsable. ¡Sin embargo, yo confiaba en que fueran muy graves para la babosa!

A continuación vacié mi equipo de explorador en el suelo, guardé el barrilito de chile en la mochila y regresé al exterior a toda velocidad. La capitana continuaba gritando órdenes mientras intentaba valientemente herir a la babosa con su alfanje, pero no se le podía acercar lo bastante a causa de la pegajosa baba que rezumaba.

Yo estaba seguro de que no sería capaz de lanzar el chile con la suficiente fuerza para que le cayera encima a la babosa, así que corrí hacia el palo mayor con la intención de trepar por las jarcias y colgarme de ellas sobre la pegajosa criatura. Pero en ese preciso instante se dio la vuelta en esa dirección, y tuve que detenerme en seco, pues no iba a arriesgarme a trepar ante sus fauces.

Desesperado, busqué otra forma de trepar por las jarcias y entonces vi el tablón que pendía sobre el mar. Eso me dio una idea, una idea terrorífica, pero que constituía la única posibilidad de salvar el barco (¡y a mí mismo!) del mortal ataque. De modo que agarré un trozo de cuerda, corrí hasta el mástil de proa y trepé por las jarcias.

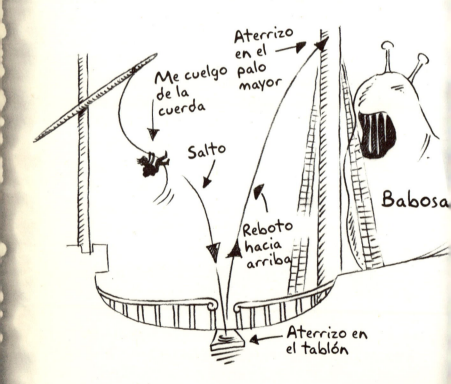

Una vez que alcancé el mástil transversal, lo recorrí hasta el final, le até un extremo de la cuerda y eché una ojeada para orientarme. A lo lejos, en cubierta, a medio camino entre donde yo me encontraba y el palo mayor, estaba el tablón que sobresalía por encima del agua. Desde allí arriba se veía diminuto, pero iba a intentar utilizarlo como trampolín para saltar a las jarcias del palo mayor, por encima de la horripilante babosa. Haría falta una precisión milimétrica, pero no tenía nada que perder.

«Allá voy», pensé.

Sujetándome a la cuerda, bajé del mástil transversal de tal forma que quedé colgando encima de la cubierta, pero todavía estaba muy arriba. Entonces, impulsando las piernas adelante y atrás, oscilé y repetí el movimiento cada vez con más fuerza, hasta que llegué a la altura del tablón, situado a unos veinte metros más abajo.

—¡Ahora! —grité, y me solté de la cuerda—. ¡Vamos ya! —Caí como una piedra—. Por favor, que funcione —susurré con los ojos cerrados, los pies juntos y las rodillas dobladas.

Aterricé justo en el extremo del tablón y... ¡BOOOM!

—¡Yuuupi!

La plancha me catapultó hacia muy arriba, por encima de las antenas de la babosa y hacia las jarcias del palo mayor. ¡Lo había conseguido! Mientras recuperaba el aliento, me quité la mochila de la espalda y aflojé la tapa del barril de chile.

Como la babosa me había visto, emitió unos horrendos gorgoritos, se giró hacia mí y se estiró por las jarcias intentando subir. Mis pies se hallaban justo encima de sus fauces babeantes y esa bestia horripilante continuaba estirándose cada vez más hacia arriba. No tenía tiempo que perder. Por fin abrí el barrilito y volqué el chile en polvo extrafuerte.

Temí que me hubiera equivocado, pero enseguida se formó una gran nube de color naranja y el chile cayó sobre la cola de la babosa, como si fuera una bomba de harina.

Todo quedó en silencio, y de pronto, el polvo prendió fuego a la parte trasera de la babosa.

No creo que mucha gente haya oído rugir a un bicho como ése, pero es un sonido terrible. La criatura se retorció y se dio la vuelta sobre el pegajoso charco de su propia baba; dio latigazos con la cola intentando enfriarla, pero era imposible neutralizar el efecto de un barril entero de chile. Por lo tanto, la babosa rodó desesperada por un costado del barco y se sumergió con frenesí en las heladas aguas.

Mientras el *Betty Mae* se balanceaba de un

lado a otro antes de estabilizarse de nuevo,
la babosa gigante se alejó nadando al mismo
tiempo que emitía una especie de graznido de
vergüenza.

¡Yo lo había conseguido! ¡Había salvado el
barco y la vida a todo el mundo! Ahora quizá me
otorgarían la libertad y me devolverían el teléfono
móvil como recompensa...

—¡Charlie! —gritó Cortagargantas desde
abajo.

—A sus órdenes, capitana.

—¡Baja aquí ahora mismo y limpia esta
porquería!

Unas noticias preocupantes

Lucía un sol magnífico, que se reflejaba en el agua
como si fuera oro fundido, cuando me desperté; el
aire era limpio y fresco, y si no hubiera estado preso
de una banda de bucaneras sin escrúpulos, habría
sido un día perfecto. La tripulación cantaba
mientras trabajaba, e incluso yo, casi
inconscientemente, me puse a tararear con ellas al
limpiar las cubiertas.

Cantando con el resto de la tripulación, vertí un
cubo de agua para aclarar los tablones de madera.
A todo esto, Cortagargantas, a quien seguía la fiel

Bobo pisándole los talones, atravesó la cubierta y ensució mi estupendo suelo limpio; subió los escalones hasta el alcázar y repicó en la barandilla con el alfanje.

—¡Escuchad, valientes! —rugió—. Tengo malas y buenas noticias. —Las demás piratas se reunieron a su alrededor—. He bajado a la bodega, y las malas noticias son que se nos está acabando el tesoro.

—¡Malo, malo! —gritaron las piratas.

—Pero las buenas noticias son... ¡que tendremos que robar más oro!

—¡Hurra! ¡Hurra!

—Así pues, poned rumbo a Spangelimar, la joya del mar Índigo.

—¡Hurra! —rugieron las piratas otra vez mientras se afanaban en cumplir las órdenes.

El corazón me dio un vuelco. ¡Si las piratas atacaban un puerto, quizá tuviera la oportunidad de escapar por fin! Pero ¿cómo iba a persuadir a la capitana de que me permitiera tomar parte en su fiesta de pillaje? Pese a todo, cuando Cortagargantas desfiló ante mí, saqué pecho y me aclaré la garganta. Ella se detuvo, me miró despacio, de arriba abajo, y al fin me dijo:

—Tienes que prepararte para mañana, Charlie.

—¿Quieres decir que me vais a llevar con

vosotras? —pregunté sin dar crédito a mi buena suerte.

—¡Ja, ja! —exclamó, mientras *Bobo* me sacaba su enorme lengua azul—. No pensarás que voy a permitir que un mequetrefe como tú nos acompañe, ¿verdad? Tienes que ganarte el derecho a convertirte en pirata antes de tomar parte en una incursión. ¡Y eso significa mucho más que asustar a una vieja y rechoncha babosa de mar! No, no vendrás, sino que te quedarás aquí, bajo vigilancia; pero necesitaremos llevarnos ciento cincuenta raciones de comida, así que será mejor que empieces a prepararlas en cuanto hayas acabado de limpiar la cubierta. —Dicho esto, se alejó dando fuertes pisotones, seguida de nuevo por *Bobo*, que se reía disimuladamente de mí.

¡Había dicho ciento cincuenta raciones de comida! Solté un gemido, pero entonces tuve una idea: si las piratas planeaban realizar una incursión al día siguiente, ya debíamos de estar cerca de tierra, y esa noche estarían muy ocupadas preparándolo todo...

¡Era el momento perfecto para escapar! Pero ¿cómo?

Casi un fallo

Continué con mis tareas mientras me devanaba los sesos intentando encontrar un plan para huir. El primer problema consistía en cómo salir de la habitación en que me encerraban. ¿Podría escabullirme cuando Cabeza de Escoba me trajera la asquerosa cena? No, eso no daría resultado porque seguro que ella daría la alarma. Tenía que conseguir la llave del cuarto de alguna manera y, al acordarme de las cadenas con las que me ataban todas las noches, pensé que también necesitaría un poco de pólvora para librarme de ellas. Y luego tendría que recuperar mi teléfono y encontrar la manera de salir del barco... ¡Había mucho que hacer y disponía de muy poco tiempo!

Fui a vaciar el cubo de agua sucia por la borda, y cuando hube volcado el agua, alguien gritó desde abajo:

—¡Con cuidado, estorbo inútil!

Saqué la cabeza por la borda y vi a Dinah, *Aliento de Perro*, uno de los miembros menos populares de la tripulación, en un pequeño bote atado a un costado del barco; se ocupaba de rascar lapas. Éste era un trabajo tan desagradable que me extrañaba que la capitana no me lo hubiera encargado a mí.

Mientras el *Betty Mae* se deslizaba rápidamente por el alborotado mar en dirección a Spangelimar, Dinah tenía que sujetarse en el pequeño bote y arrancar todas las lapas incrustadas en el casco del barco.

Dinah, Aliento de Perro

—Lo siento, Aliento de Perro —dije, disimulando una sonrisa, porque pensé que aquel bote sería perfecto para huir.

De pronto se oyó un zumbido muy potente y me di la vuelta. Sonaba como si se aproximara una nube de abejas, pero cuando miré, observé a un extrañísimo pez volador que saltaba por encima de la borda y se quedaba suspendido en el aire un momento, a pocos metros de mi rostro; de ojos grandes y colores vivos, el pequeño y cómico pez dio unas vueltas impulsado por una aleta en forma de hélice, como si fuera un helicóptero en miniatura. Nunca había visto nada igual.

—¡Anda! —grité, mientras el pez me miraba con una expresión burlona e hinchaba las mejillas.

—¡Agáchate! —gritó alguien.

—Ahí va, no es un pez... ¡Ooooh!

Cabeza de Escoba se había arrojado contra mí y me había tirado al suelo.

—¡Eh! ¿Por qué has hecho eso? —Kate se levantó y señaló el palo mayor, donde se había clavado un dardo de aspecto letal que todavía se bamboleaba—. ¿Quieres decir que el pez me ha disparado ese dardo?

—Sí, y son mortalmente venenosos. —Lo arrancó con cuidado—. Te hubiera dado justo entre los ojos —dijo clavándome la mirada mientras me ofrecía el dardo.

(Lo he envuelto en una camiseta y guardado en el fondo de la mochila: es la prueba perfecta de que he navegado por mares desconocidos. Estoy impaciente por enseñárselo a todo el mundo cuando vuelva a casa. ¡Sea cuando sea!)

Preparativos para la huida

Tan pronto como terminé de limpiar la cubierta, fui a la cocina y horneé veinte panes para los bocadillos de las piratas. Luego me puse a atender asuntos más serios.

En primer lugar me encaminé hacia la despensa para llenar un pote de pimienta vacío. ¿Por qué hice eso? Pues porque, antes de llegar a la

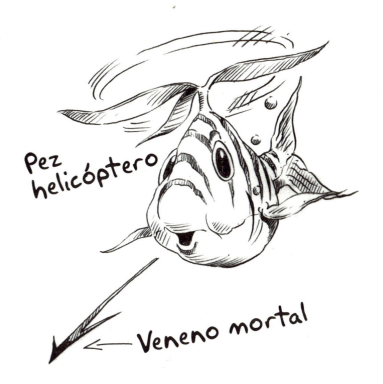

Pez
helicóptero

← Veneno mortal

despensa, tenía que pasar por el arsenal, y, ahí, acercándome con aire inocente a un saco de pólvora que habían dejado abierto y preparado para el día siguiente, metí el pote de pimienta y lo llené hasta arriba. Cuando regresaba a la galera, la guardia de armas me preguntó qué había estado haciendo, y yo le mostré el recipiente.

—He ido a buscar pimienta para los bocadillos de la capitana —dije, y ella me dejó pasar.

A continuación fui directo al armario situado justo en la entrada del camarote de la capitana, lo abrí y miré las filas de llaves oxidadas colgadas de unos ganchos. Leí con rapidez las etiquetas al mismo tiempo que inspeccionaba las llaves fila tras fila:

SALA DEL TESORO
ARCÓN DE LA CAPITANA
HABITACIÓN DE RACIONAMIENTO DE RON
JAULA DE *BOBO*
CELDA DE CHARLIE

¡Ahí estaba! Cogí la llave, pero al hacerlo, una mano me sujetó por el hombro y contuve la respiración.

—¡Te he pillado! ¿Qué estás haciendo, chico? —gruñó la capitana. Me di la vuelta y le mostré la llave, pero escondí la etiqueta en la palma de la mano.

—He venido a buscar la llave de la habitación del ron —le dije, nervioso—. Para incluir una ración extra en la comida que os llevaréis.

La capitana me miró sospechando de mí, pero luego sonrió, me dio unos golpecitos en el hombro y dijo:

—Bien pensado, Charlie. Un poco de valor añadido en estas ocasiones nunca viene mal. ¡Adelante!

Y yo me lancé como una flecha por el pasillo de vuelta a la galera.

Cuando llegué, rebusqué entre las recetas hasta que encontré la de caramelo duro, favorita de Cortagargantas; puse una olla a hervir y rápidamente vertí los ingredientes necesarios. Luego me dediqué a la siguiente tarea: busqué una pastilla grande de jabón de platos y la partí por la mitad con la navaja; coloqué la llave entre las dos mitades y las apreté entre sí todo lo fuerte que pude; al sacar la llave de nuevo, ésta había dejado una huella perfecta en el jabón. Después volví a juntarlas, y apartando del fuego la olla en la que había hervido el caramelo, vertí éste con cuidado por un agujero que había hecho en la pastilla de jabón, de manera que el líquido se deslizara dentro del molde de la llave. Y esperé a que se enfriara.

Al cabo de un rato, al separar las dos mitades, comprobé que en medio ¡había una copia perfecta de la llave de mi celda hecha de caramelo duro! Tenía el siguiente aspecto:

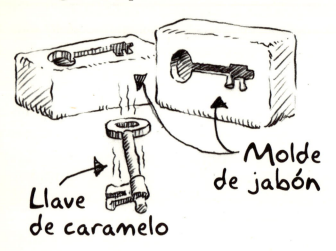

Molde de jabón

Llave de caramelo

¡Fantástico!

Lo único que tenía que hacer ahora era volver a poner la llave auténtica en su gancho correspondiente antes de que la echaran de menos, esconder la llave de caramelo en un bocadillo sin rellenar y dejarlo en el armario de las sobras de comida para que Kate lo encontrara.

Ahora ya es casi medianoche, y Kate vendrá pronto. Será mejor que termine de escribir, prepare la mochila y espere...

Un aperitivo a medianoche

Los minutos pasaron lentamente mientras el ruido que hacían las piratas iba disminuyendo, hasta que cesó. Las mujeres se fueron a sus literas temprano, cumpliendo las órdenes de dormir bien esa noche antes de la incursión. Mientras tanto el *Betty Mae* se deslizaba entre las olas, y yo percibía los golpes intermitentes del bote atado al costado del barco. Bien; todavía estaba ahí.

Las pisadas de la vigilante nocturna resonaban en el techo de mi celda y el barco gemía y crujía, pero por lo demás todo estaba en silencio.

«¡A ver si vienes, Kate!», me dije a mí mismo, pero pasó mucho rato sin que sucediera nada. Al fin se oyó un rumor, el ruido del cerrojo al descorrerlo, y vi el tenue resplandor de una vela cuando se abrió la puerta de mi celda.

—¿Eres tú, Kate? —pregunté.

—Te traigo las sobras, chico —contestó ella.

Se me aproximó y me dejó el plato al lado. ¡Gracias a Dios! Porque, además de un trozo de pastel de cerdo medio mascado, había traído el bocadillo que yo había preparado antes. Le di las gracias, pero, como siempre, esa extraña chica se fue sin dirigirme ni una sonrisa ni una palabra más.

Huida de la celda

Rápidamente me llevé la mano al bolsillo para comprobar que tenía el pote de pimienta y luego me doblé la pernera izquierda del pantalón para dejar al descubierto la manilla que me encadenaba a la vieja viga de roble. ¡Ojalá supiera forzar cerrojos! Me prometí que, si alguna vez tenía la oportunidad de hacerlo, practicaría mucho para aprender esa habilidad.

Vertí con precaución la pólvora en el agujero del candado, corté un trozo de cuerda del ovillo de mi equipo de explorador, lo impregné con pólvora y lo coloqué en el agujero para que hiciera de mecha.

Después metí la mano hasta el fondo de la mochila y encontré un trozo de chicle mascado y duro, del tamaño de una nuez; siempre lo dejaba ahí pegado cuando quería guardarlo para más tarde, aunque ahora era mucho, muchísimo más tarde. No obstante, me lo metí directamente en la boca... y, de verdad, ¡era horrible! El chicle crujió entre los dientes y no creí que fuera a serme útil, pero mascando, mascando, se ablandó poco a poco y luego lo apreté sobre el agujero del candado para sellarlo. ¡Estaba preparado!

Cogí la vela y la acerqué a la mecha casera; ésta

chispeó y chisporroteó y tuve que cerrar los ojos en cuanto la llama recorrió la mecha...

Un estruendo sordo se propagó por la habitación y... ¡Uuaaaauu!... Fue como si alguien, calzado con botas de fútbol, me hubiera dado una patada en el tobillo. ¡Pero el cerrojo se abrió y quedé libre!

Acto seguido, abrí el bocadillo, saqué la llave de caramelo y fui cojeando hacia la puerta; la llave estaba dura como una piedra y recé para que no se rompiera mientras intentaba accionarla en la cerradura. Por suerte, giró con facilidad y, con un chasquido, la puerta se abrió y yo salí al desierto pasillo.

Antes de escapar, sin embargo, tenía que hacer una cosa más: recuperar mi móvil. Ése era el único nexo con mi casa y no quería dejarlo allí. Por supuesto, eso significaba que tendría que robárselo a Cortagargantas en sus narices mientras ella dormía en su hamaca, así que, en silencio, me dirigí hacia su camarote.

Un robo a medianoche

La puerta chirrió al abrirla, pero yo me agaché y me colé en el camarote de la capitana; roncaba. Había un cabo de vela consumido, pero todavía lucía una pequeña llama, y, cuando la vista se me acostumbró a la penumbra, la vi tumbada boca abajo, con un brazo colgando de la hamaca y una botella de ron vacía en la mano. Perfecto; debía de estar profundamente dormida.

Me acerqué despacio, pisando el suelo desigual, y casi sin atreverme a respirar, hasta que llegué a su lado. El gorro de dormir le cubría los ojos, y roncaba y gruñía como un cerdo con la nariz tapada. ¡Y ahí mismo, asomando por debajo de la almohada, estaban mi teléfono y mi cargador!

Empecé a tirar de ellos con toda la suavidad posible. Si Cortagargantas abría los ojos en ese

momento, estaba perdido porque no habría cuento que la convenciera de qué estaba haciendo yo allí. Pero despacio, milímetro a milímetro, tiré del teléfono.

—¡No, no! —gritó la capitana, y yo me quedé petrificado de terror—. No, mis valientes, ¡colgadlos a todos!

Suspiré de alivio; Cortagargantas todavía dormía y soñaba. Saqué por fin el teléfono de debajo de la almohada, me lo guardé en el bolsillo y, con el corazón en un puño, salí fuera.

Por la borda

La noche era nubosa y lúgubre, y una constante lluvia fina empapaba la húmeda y resbaladiza cubierta. Escondiéndome en las zonas más oscuras, atravesé el alcázar mientras mantenía siempre a la vista la silueta de la primera oficial, de un negro más intenso que el de la propia noche. Por fin atisbé por la borda y vislumbré la sombra del bote, en medio de las olas plateadas que rompían contra el casco del barco; entonces me encaramé a la barandilla, puse un pie en la escalerilla de cuerda y bajé.

Era un descenso peligroso a causa de la lluvia y del viento; además, el tobillo me dolía, y a medio camino... resbalé. Intenté sujetarme a los peldaños, pero todo estaba demasiado húmedo y caí. Supuse que me daría un golpe fuerte contra el bote, pero... ¡paaaf! ¡Fue un aterrizaje sorprendentemente suave!

—¡Ay! Vale, vale, me rindo —oí que exclamaba una voz en la oscuridad. Y un bulto, que yo creía que era un montón de velas, se movió y se me encaró. ¡Era otra pirata! En éstas, se oyeron una pisadas procedentes de la borda del barco y la luz de una linterna se proyectó sobre nosotros.

—¿Qué sucede ahí abajo? —preguntó la primera oficial—. ¡Quedaos quietas, estáis arrestadas!

La capitana medita

—¿Qué significa todo esto? —rugió Cortagargantas en cuanto nos hubieron izado al barco y nos presentamos ante ella. Aliento de Perro se mantenía ceñuda y yo iba cojo. Adormilada, la capitana se había sentado a la mesa de su camarote, todavía en camisón y con el gorro de dormir puesto. Mientras nos observaba, pensé que las cosas no podían empeorar mucho más; había estado a punto de escapar de esa porquería de barco y ahora tenía la impresión de que iba a acabar colgado del penol.

—Hemos pillado a Dinah, *Aliento de Perro,* intentando escapar, capitana —dijo la primera oficial—. Pero parece ser que el grumete la ha reducido e impedido que se escapara con esto. —Y dejó caer un pesado saco encima de la mesa produciendo un fuerte sonido metálico.

¿Qué quería decir la primera oficial? ¿Acaso creía que yo había impedido que Dinah escapara? Contuve la respiración y esperé a ver qué sucedía.

—¿Es verdad eso? —preguntó la capitana mientras volcaba el saco y se derramaba una cascada de monedas de oro en la mesa.

—Sí, y me habría escapado sin dejar rastro si no hubiera sido por este pelmazo infernal —gruñó Dinah, y le espetó—: Ya me he cansado de tus modales bravucones, de que siempre me insultes y me des los trabajos más sucios. Así que decidí coger lo que se me debía y escapar; estaba a punto de ponerme a remar cuando este imbécil cayó del cielo y me aplastó.

Cortagargantas metió los dedos entre las monedas de oro, y dijo:

—Has quebrantado todas las reglas del código pirata, y eso no tiene ninguna excusa.

—¡Bah, vaya cosa! —se burló Dinah, *Aliento de Perro*.

Al escuchar esas palabras, la capitana alargó la mano hacia una palanca que había en su mesa y tiró de ella.

—¡Aaaah! —chilló Dinah.

Una trampilla se había abierto a sus pies y ella cayó al tenebroso mar. Yo me quedé boquiabierto y bajé la vista; por supuesto, bajo mis pies, vi la rendija de otra trampilla.

Dinah cayó por la trampilla al mar...

—Y ahora te toca a ti... —dijo Cortagargantas mientras acariciaba la palanca que había al otro lado de la mesa y me observaba con una mirada cortante—. ¿Cómo has conseguido salir de tu celda y derrotar a una fornida pirata tú solo...? ¿Y por qué un niño bien como tú decide ayudarnos?

—Bueno... —Tragué saliva; estaba seguro de que lo que dijera en ese momento decidiría si seguía vivo o si me lanzaban al mar. ¿Sería capaz de inventarme una buena mentira?—. Yo... verás, me desperté al oír unos ruidos extraños en la habitación de al lado, la habitación de Dinah; sé que ella pasa ahí la noche porque las restantes piratas no le permiten dormir con ellas a causa de su mal olor. La oía moverse... bueno, como si arrastrara algo muy pesado. Y como yo estaba al corriente de que la tripulación tenía órdenes de irse pronto a la cama, quise investigar y descubrí que intentaba escapar. Tenía que actuar deprisa porque temía que alertara a la gente de Spangelimar, y pensé que si era capaz de detenerla, tú quizá me dejarías que os acompañara en la incursión.

—Pero ¿cómo saliste de la celda? —preguntó la capitana mirándome con suspicacia.

—Yo... bueno... sé forzar cerraduras —mentí—. Antes de que me descubrierais, siempre lo hacía. Ah, y otra cosa —añadí, sabiendo que si me encontraba el móvil encima, seguro que me tiraría al agua—: Hallé esto en el bote de Dinah.

—Coloqué el teléfono y el cargador en la mesa. ¡No podía creer que después de los peligros que había corrido para recuperar mi móvil, tuviera que dárselo a Cortagargantas de nuevo!

Ella se quedó mirándome asombrada mientras reflexionaba; todavía apoyaba la mano en la palanca y a mí me temblaban las piernas, como si fueran de gelatina, esperando que el suelo cediera bajo mis pies. Pero, de repente, retiró la mano de ahí, dio un puñetazo sobre la mesa y exclamó:

—¡Buen trabajo, Charlie! ¡Muy buen trabajo, sí señor! Quizá te he juzgado mal, chico, y tu habilidad en forzar cerraduras nos sea de mucha utilidad. Considérate promocionado a pirata raso. ¡Vuelve a tu celda y duerme un poco, porque te has ganado el derecho a acompañarnos en la incursión de mañana!

He regresado a mi cuartucho, pero ya no estoy encadenado, sino tumbado en una hamaca completamente nueva; es muy confortable, aunque todavía me tiemblan las piernas después de las aventuras de esta noche. No acabo de creer que no me hayan descubierto, y que incluso quizá tenga otra oportunidad de escapar mañana. ¡Y a lo mejor consigo entregar a las piratas y obtener una buena recompensa!

Me gustaría dormir un poco, pero cada vez que cierro los ojos es como si mil mariposas revolotearan dentro de mi barriga. ¿Quién sabe qué va a suceder?

(Nota: ¡Después de mi mentira de que era un experto en forzar cerraduras, la capitana ha asegurado mi puerta con una pesada barra de hierro!)

Una incursión pirata

¡Oh, vaya! Hoy no han salido las cosas según lo planeado. Todavía tiemblo de miedo y emoción, y el corazón no ha cesado de latirme a cien por hora, puesto que estoy viviendo con algunas de las piratas más temidas de todos los mares, en medio de múltiples peligros y traiciones, pero por lo menos no me aburro nunca.

Ese día nos despertamos muy temprano, y, ocultos en la bruma matinal, maniobramos el *Betty Mae* frente al promontorio de Spangelimar. A continuación se hicieron los últimos preparativos y

Ésta es una magnífica prueba de que he pasado un tiempo en un barco pirata. Encontré este trozo de papel en el suelo, como si alguna pirata hubiera empezado a hacer este crucigrama... pero ¡lo dejó a medias!

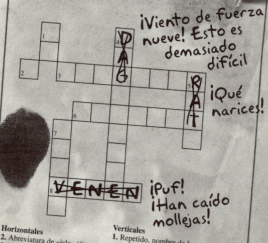

Semanario pirata

Rincón de entretenimientos

¡Viento de fuerza nueve! Esto es demasiado difícil

¡Qué narices!

¡Puf! ¡Han caído mollejas!

Horizontales
2. Abreviatura de «isla» (1)
3. Nombre de la isla de las piratas (8)
6. De donde los piratas cuelgan a sus víctimas (5)
8. Lo que lanza el pez helicóptero y que es mortal (5)

Verticales
1. Repetido, nombre de la mandril que acompaña a la capitana (2)
4. Tipo de espada que llevan las piratas (7)
5. Al revés, bicho que se pega en el casco del barco (4)
7. Lo que se hace con el jabón para fabricar una llave de caramelo duro (5)

TERRO

Fue en
había sid
la po
creen
que
Cortagar
gan
banda de
Ladronas
no hubi
capturad
Si
alguien
sobre la
Joseph C
Tortilla

TIEMPO

Se
esperan
entrarán
por
tiempo.
¡Calor!
¡C

las piratas afilaron los alfanjes hasta que, al blandirlos, silbaron en el aire.

Para la ocasión, las señoras se ataviaron con sus vestidos más elegantes. ¡Y vaya pinta tenían! Hasta entonces jamás las había visto con trajes de mujer, y la verdad es que no ofrecían mejor aspecto que con su indumentaria de piratas; tampoco olían mejor, a pesar de que se habían rociado con un perfume muy potente. (Eso lo hacían muy a menudo para no tener que lavarse, pero nunca daba resultado porque, si el viento venía de cara, olían como una manada de ñus.)

Sin embargo, las piratas

¡Rawcliffe Annie, preparada para la incursión!

llevaban faldas por una razón: entre los pliegues escondían espadas, dagas y pistolas; y debajo de los sombreros habían metido recipientes que contenían la pólvora y las balas. Incluso a mí me dieron un alfanje, que guardé bajo el grueso abrigo que me prestaron, y, mientras me abrochaba el cinturón, vi cómo Cortagargantas introducía mi móvil en su bolso y lo cerraba. ¡Si conseguía huir, primero tendría que robárselo del bolso!

Luego arriaron la bandera pirata e izaron la del Instituto Femenino, y nos dirigimos hacia el puerto.

El plan

La capitana ordenó que todos nos instaláramos en unas grandes barcas de remos, y yo me senté, nervioso, entre ella y Rawcliffe Annie. Mientras surcábamos las aguas, me preguntaba si tendría la oportunidad de coger mi teléfono y recuperar la libertad, o si me vería obligado a realizar mi debut como ladrón en un pillaje.

Durante el trayecto, Cortagargantas explicó su retorcido plan: las piratas fingirían ir de compras, pero en verdad se colocarían en lugares estratégicos de la plaza del mercado.

—Entonces yo soltaré un grito que helará la sangre —añadió—. Y mientras todo el mundo esté distraído, ¡sacaréis las armas y serán nuestros! Lo único que tendremos que hacer será vaciarles los monederos. ¡Está chupado!

—Y yo ¿qué? —le pregunté.

—Bueno, ya que nosotras fingiremos ser señoras normales que van de compras, será mejor que tú también simules que eres mi hijo —contestó—. Y luego, al final, pasarás el saco para que esas buenas gentes lo llenen.

—¡No puedo robar a gente inocente! —protesté, pero al ver que ella fruncía el entrecejo, añadí—: Quiero decir... que no puedo porque es la primera vez que lo hago. ¿Y si me equivoco? Bueno... ¿Qué te parece si me quedo y vigilo las barcas?

La capitana me agarró por el cuello del abrigo y me levantó del suelo de la barca con tanta facilidad como si yo fuera un bebé. Pegó su nariz a un milímetro de la mía, me miró directamente a los ojos y musitó:

—A no ser que quieras que tus tripas cuelguen de la punta de mi espada, no tienes otra oportunidad, chico.

¡Estaba visto que me iba a convertir en pirata tanto si quería como si no!

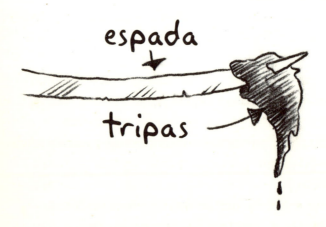

Un robo a plena luz del día

Cuando el casco de nuestra barca rozó el muelle, la amarramos, y a mí me empezaron a sudar las manos y el corazón se me desbocó. La capitana me cogió de la mano y me la apretó, no sé si para darme ánimos o como señal de advertencia. A continuación recorrimos el espigón de piedra y atravesamos el puerto adoquinado. Como el tobillo casi no me dolía, escudriñé los alrededores intentando detectar un camino para huir, pero Cortagargantas me sujetaba con mano de hierro y no había forma de escapar.

Estuve a punto de gritar: «¡Esto es un rapto!», pero en el mismo momento en que esa idea me pasaba por la cabeza, la capitana me apretó la mano todavía con más fuerza si cabe, y al mirarla, observé que se le había abierto un poco el chal; bajo la axila llevaba su reluciente daga incrustada de piedras preciosas. Fue como si me hubiera leído la mente, y de inmediato abandoné la idea de gritar. Aunque no estuviéramos en el barco, seguía siendo un prisionero y, además, Cortagargantas todavía tenía en su poder mi precioso móvil, y yo necesitaba recuperarlo.

Acto seguido, nos sentamos en el pintoresco muelle y nos comimos los bocadillos que había preparado, mientras la capitana observaba el lugar para detectar cualquier posible contratiempo. Pero nadie nos hizo el menor caso, así que ella, satisfecha, nos susurró que la siguiéramos.

Paseamos tranquilamente por los intrincados callejones, subimos una escalera y llegamos a la plaza del mercado.

El plan de las piratas estaba dando resultado: los caballeros de la ciudad se tocaban el sombrero y las saludaban:

—Buenos días, señoras.

Pero cuando ellas les sonreían y mostraban los rostros curtidos y sin dientes, los hombres se disculpaban y salían disparados. Yo deseaba desesperadamente ponerme a gritar, pero la capitana todavía tenía el móvil... y la larga y afilada daga.

Mientras las piratas, despreocupadas, recorrían la plaza del mercado y observaban con tranquilidad los artículos de los puestos, yo aproveché para echar un buen vistazo alrededor; me encontraba en una situación muy difícil y necesitaba encontrar una salida. Uno de los lados de la plaza terminaba en un muro bajito que daba a la bahía, donde, entre las restantes barcas del lugar, se hallaba anclado el *Betty Mae*, que parecía pequeño y destartalado al lado del barco vecino: un reluciente galeón dorado.

A cada lado del pequeño muro estaba instalado un cañón ligero, y, de súbito, supe qué debía hacer: disparar al *Betty Mae* e inutilizarlo para evitar que las piratas escaparan.

Pero en ese preciso momento, Cortagargantas soltó un gritó que nos heló la sangre a todos.

—¡Socorro! ¡Detengan a los ladrones! ¡Por favor, ayuden a una señora indefensa! —chillaba, y los comerciantes acudieron corriendo a socorrerla. Eso me dio la oportunidad de escabullirme entre la multitud y me precipité hacia uno de los cañones, medio escondido detrás de un tenderete del mercado.

Tocado y hundido

—¿Dónde están los ladrones? —gritaban los ciudadanos—. ¿Dónde están?

—Bueno, están alrededor de vosotros —afirmó la capitana sonriendo mientras hacía un elocuente gesto con el brazo.

La gente de la ciudad comprobó que se hallaba rodeada de un montón de espadas, pistolas y alfanjes.

Mientras las piratas obligaban a sus víctimas a apiñarse, yo me apresuré a sacar una bolsa de pólvora de un arcón guardado debajo del cañón y también una bala y un trozo de mecha. Como había observado a las piratas durante sus prácticas de tiro, sabía en qué orden iban esas cosas, pero no tenía ni idea de qué cantidad de pólvora debía utilizar. No obstante, confié en que fuera suficiente para disparar la bala.

—Ahora, si no tienen inconveniente en vaciarse los bolsillos, señoras y caballeros, mi joven amigo, Charlie, *Corazón Negro*, pasará ante ustedes —anunciaba la capitana Cortagargantas mientras mostraba un bolso de percal—. Tenemos que llenar esta bolsa antes de marcharnos. Charlie, si no te importa... ¿Eh, Charlie? ¿Dónde estás, Charlie?

Con manos temblorosas, vertí la pólvora en la boca del cañón y rebusqué en el arcón para sacar la yesca. Mientras lo hacía, un hombre grandote y de rasgos angulosos, que vestía un largo abrigo negro, se apartó de la multitud, se colocó ante la capitana y le espetó:

—¿Me recuerdas, Cortagargantas? He oído decir que te llevaste de paseo a un amigo mío no hace mucho.

—¡Craik! —exclamó la capitana—. ¡Craik, *el Chaquetero*! Bueno, será un placer librarte de tus pertenencias, perro.

—Llévate lo que quieras, pero no irás muy lejos. Mi barco está atracado ahí abajo y va lo bastante armado para hacerte volar en pedazos. —El hombre sonrió—. No pasarás de los muros del puerto.

Ella se alarmó al escuchar esa noticia y yo pensé que había llegado el momento de asegurarme de que el *Betty Mae* no escapara, así que raspé el pedernal contra el hierro y la mecha empezó a escupir y a echar humo.

—No hay por qué preocuparse —grité apuntando con el cañón directamente al *Betty Mae*—. ¡No van a ir a ninguna parte!

Todo el mundo se quedó mirándome.

—¿Qué ocurre, Charlie? —preguntó Cortagargantas.

—Bueno... —quise explicar lo que iba a hacer, pero mientras me colocaba detrás del cañón, el alfanje que llevaba en el cinturón me resbaló, se me enredó entre las piernas y di un tropezón—: ¡Uuuf! —Caí contra la pesada pieza de artillería, el cañón se giró y, ¡BUM!, soltó un potente disparo que resonó en la plaza e hizo temblar los puestos del mercado. ¡Había utilizado pólvora más que suficiente!

—Quédate donde estás —le gritó la capitana a Craik mientras se abría paso entre la multitud y llegaba a mi lado justo en el momento en que la bala destrozaba un costado del... ¡elegante galeón dorado!

Inmediatamente, entre nubes de humo amarillento, la tripulación se desperdigó por la cubierta y saltó al agua por la borda. El cañonazo había prendido fuego en el almacén de municiones, y, mientras los marineros nadaban hacia el extremo más alejado de la bahía para ponerse a salvo, el barco se partió, destrozado por una cadena de explosiones ensordecedoras. ¡Oh, no! ¿Qué había hecho?

—¡Mi barco! —gritó Craik temblando de rabia.

—¡Oh, Charlie, qué disparo tan magnífico! —exclamó la capitana abrazándome por los hombros, mientras una enorme nube de humo y de chispas se elevaba en el aire—. Y, ahora, terminemos con lo que hemos venido a hacer.

¡Bum!

Craik hace una promesa

Temblando de miedo y sin atreverme a mirar a nadie, pasé entre la multitud con la bolsa de percal abierta, que enseguida se llenó de doblones, guineas, brazaletes y anillos.

Al pasar frente a Craik, enfundado en su abrigo negro de terciopelo, me sujetó por el hombro y yo levanté la vista hacia su enorme e implacable rostro. Sujetaba un monedero repleto con la mano y me miró con fijeza a los ojos.

—Espero que sepas correr, Charlie, *Corazón Negro* —dijo mientras echaba el monedero en la bolsa—. Porque te voy a perseguir hasta el fin del mundo y, cuando te atrape, me

—Me encargaré de que te ahorquen —me dijo Craik.

encargaré de que te ahorquen. —Los ojos le brillaban de furia, y me convencí de que hablaba completamente en serio.

—¡Charlie! ¿Con qué te estás entreteniendo? —gritó la capitana—. ¡Vámonos!

Yo, todavía trémulo e incapaz de pronunciar palabra, me eché la bolsa a la espalda y me abrí paso entre la silenciosa multitud. Todas las piratas se habían reunido y apuntaban con sus armas al enojado populacho. Algunas de mis compañeras de barco cargaban trozos de cerdo o cordero, que habían cogido de los puestos del mercado; otras habían robado toneles de ron, vino u otros artículos exquisitos. Con precauciones, nos retiramos de la plaza despacio en dirección a un estrecho callejón que conducía al puerto.

—Hasta pronto, amigos —gritó Cortagargantas.

Pero en cuanto doblamos una esquina, ¡corrimos a todo correr! Y la multitud rugió y nos persiguió.

Una huida por los pelos

Perseguidos por la gente de la ciudad que nos pisaba los talones, corrimos por las callejas y bajamos volando los escalones que conducían al puerto. Pero éramos tantos que nos quedamos atascados en la estrecha entrada de un callejón; nos empujamos y nos dimos codazos mientras la multitud se acercaba cada vez más, pero continuamos atascados. A la cabeza del gentío iba Craik, que me miraba directamente a mí. Yo empujé con todas mis fuerzas, y, en el mismo momento en que la mano de ese hombre iba a caer sobre mi hombro, el tapón formado por las piratas se desatascó y salimos disparados por el callejón como el corcho de una botella.

—¡Me encargaré de que te ahorquen, chico! —repitió el hombre vestido de negro detrás de mí.

Y yo, en un ataque de alivio y de ganas de bravuconear, le respondí:

—¡Primero tendrás que atraparme!

Al oírme, todas las piratas me ovacionaron.

Nos apresuramos por el muelle, llevando todavía a la enojada multitud pisándonos los talones y, al llegar a una zona despejada, nuestros perseguidores pudieron cargar, apuntar y disparar sin herirse los unos a los otros, de modo que enseguida las balas pasaron silbando a nuestro lado.

—¡Saltad! —gritó Cortagargantas, y todos nos arrojamos a las barcas, donde las mejores remeras piratas nos estaban esperando para escapar a toda velocidad. Entre gritos, disparos y aullidos, remaron con ímpetu hacia nuestro galeón, y en cuanto hubimos subido a bordo del *Betty Mae*, me dejé caer al suelo, aliviado.

—¡Bien hecho, Charlie! —rugió la capitana—. ¡Hacía falta valor para volar el barco de Craik de esa forma!

—¿Craik es el hombre del largo abrigo negro?

—Sí, muchacho. ¡Ése es el famoso Joseph Craik, el extraordinario cazador de piratas!

Me senté, abatido, y sentí que una oleada de calor me recorría todo el cuerpo, pues el cazador de piratas había jurado atraparme. Me había convertido en un hombre perseguido.

—¡Anímate, chico! —me dijo la capitana—. ¡Vaya, ahora eres uno de los nuestros!

A todo esto, las armas que defendían la ciudad entraron en acción y las balas de los cañones cayeron al agua alrededor de nuestro barco. En vista de la situación, izamos la bandera pirata otra vez y zarpamos hacia alta mar.

Y ahora, por primera vez desde que pisé el *Betty Mae*, escribo mi diario sentado en mis apestosos aposentos ¡CON LA PUERTA ABIERTA! Debo de haberme ganado el respeto de las piratas...

«¿Eso es bueno o es malo?», me pregunto.

¡No quiero acabar colgado de un penol!

Una celebración

En cuanto llegamos a aguas seguras, las piratas
celebraron el botín obtenido con una gran fiesta.
Cantaron canciones sobre el mar y los marineros,
sobre la traición y la muerte; elevaron sus roncas
voces al viento hacia el cielo nocturno y entonaron
versos en los que recordaban sus hogares con
autocompasión de borracho:

Éramos las pobres esposas de unos piratas
despiadados,
que nos dejaban en casa haciendo de mamás.
Pero ahora nos hemos convertido en el azote
de los océanos,
así que vigilad vuestros traseros y pasadnos el ron.

Ron, ron (mollejas frescas y viscosas).
Ron, ron (escoria de agua salada).
Ron, ron (no escupáis al viento, chicas).
Ron, ron, pasadnos el ron.

Nos despertamos al oír el rugido del cañón,
la daga brillante y centelleante es nuestra
mejor colega.
Así es como nos hemos convertido en el azote
de los océanos.

Estáis perdidos, así que pasadnos el ron.

Ron, ron (guineas de oro nuevas).
Ron, ron (la cabeza en la horca).
Ron, ron (saltad por la borda, chicas).
Ron, ron, pasadnos el ron.

Cuando la comida terminó, la capitana me llamó y me ofreció una copa, llena de una bebida de color negro con especias.

—¡Brindad por Charlie Small —graznó—, un verdadero pirata y el último miembro que se ha enrolado en nuestra banda!

Las piratas apuraron las copas y yo, entre felicitaciones y eructos, me tapé la nariz, levanté mi copa y tomé un trago... ¡Puf! La bebida me explotó en el estómago como si fuera dinamita líquida, y yo me encogí aguantándome las tripas.

—¡Por el bueno de Charlie! —se rieron las piratas—. Conseguiremos hacer de ti todo un pirata.

Registrando el barco

Sé que las piratas nunca confiarán del todo en mí porque soy un chico, pero me he ganado su respeto y dispongo de la libertad necesaria para explorar el barco de un extremo a otro.

Estoy deseando escapar porque, antes o después, el cazador de piratas vendrá a buscarme y no quiero estar aquí cuando llegue. Por eso he inspeccionado los oscuros y laberínticos pasillos del *Betty Mae*, intentando hallar cualquier cosa que me sea útil. De momento no he encontrado absolutamente nada.

Mañana tengo previsto registrar a fondo la sucia bodega, adonde las piratas no van casi nunca.

Unos descubrimientos muy especiales

¡Hoy ha sido un día de maravillosos descubrimientos! En las profundidades de las entrañas del barco, he encontrado una habitación llena hasta las vigas de cosas que los piratas han desechado; al lado de las cajas de jabón había extraños fragmentos de máquinas, relojes rotos, espadas y trozos de esqueletos que se pudren en la hedionda agua del pantoque del barco.

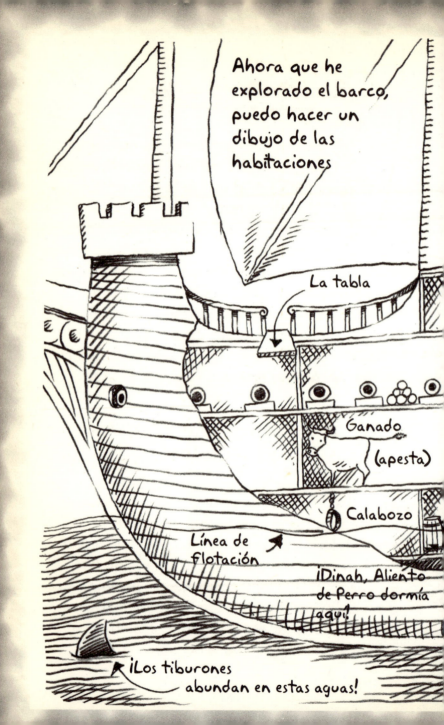

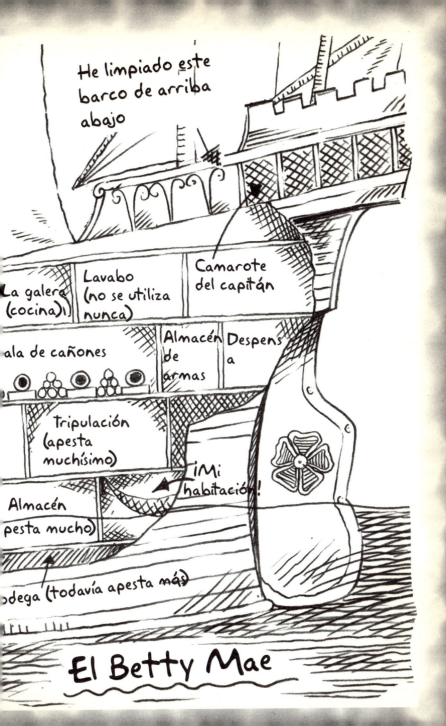

Rebusqué entre los montones de trastos, intentando hallar algo que me sirviera para escapar. Se me había ocurrido que quizá podría construir una balsa como la que había utilizado al comenzar mis aventuras, así que me puse a recoger planchas y trozos de velas podridos. Entonces, en un rincón, vi una cosa que me sobresaltó.

Enfoqué la luz de la linterna hacia un montón de cajas y leí una etiqueta que ponía: «Propiedad de la empresa Jakeman». Pero jamás se había abierto esa caja. Me dije que, a lo mejor, en ella habría algo fantástico, puesto que Jakeman construyó a mi querido y viejo amigo, el rinoceronte de vapor, que me salvó la vida en la enorme llanura dorada antes de que me nombraran rey de los gorilas. Excitado, introduje la punta de mi navaja bajo la tapa, hice presión hacia abajo y la tapa se abrió emitiendo un crujido.

Aparté a un lado la paja de embalaje y descubrí no uno, sino dos inventos asombrosos. En una etiqueta pegada en la parte inferior de la tapa, rezaba:

«Pez espada a reacción impulsado por pólvora, de Jakeman (con lapas perforadoras mecánicas)».

El pez espada tenía aspecto de torpedo sonriente; su cuerpo, articulado y de acero inoxidable pulido, brillaba en la oscuridad del almacén; uno de los extremos terminaba en una cola plana y ancha, y el otro en una nariz semejante a un peligroso sacacorchos. Era igual de impresionante que el rinoceronte.

Estudié el manual de instrucciones, repleto de intrincados esquemas. ¡Era algo fabuloso! El pez tenía dos manecillas detrás de la cabeza y dos estribos cerca de la cola, y como disponía de un motor a reacción de pólvora, podía navegar a cincuenta nudos.

La manecilla de la derecha era el acelerador, como en las motos, y al girarla se abría una válvula que permitía que el agua entrara en un depósito y cayera sobre la pólvora especial de Jakeman. Se provocaba así una reacción química que producía un montón de gas, que era impulsado a mucha presión por un tubo de escape dentro del mar, efecto que propulsaba a su vez al pez espada. El animalito buceaba, giraba y saltaba, y ya me veía a mí mismo zumbando a través de las olas hacia la libertad.

He arrancado el esquema del pez espada para mostraros qué aspecto tenía.

Junto al pez espada había también unas lapas mecánicas. Me habían explicado que las lapas eran unas criaturas marinas, de concha cónica, que se adherían a las rocas. Y éstas —las mecánicas—

Pez espada impulsado por pó

- Tubo de escape
- Válvula de presión de seguridad
- Tapa del depósito de pólvora
- Estribo
- Cámara de expansión
- Pólvora
- Acelerad... manual

MS
Emblema de
Salvamento Marítimo

ra, patentado por Jakeman

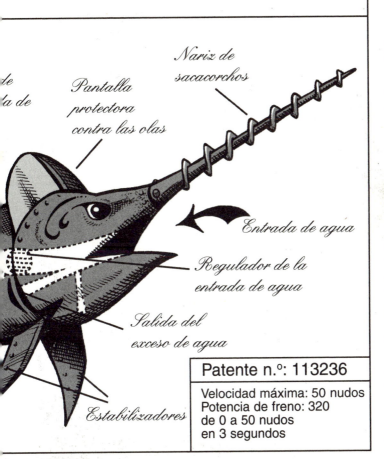

de
la de

Pantalla
protectora
contra las olas

Nariz de
sacacorchos

Entrada de agua

Regulador de la
entrada de agua

Salida del
exceso de agua

Estabilizadores

Patente n.º: 113236

Velocidad máxima: 50 nudos
Potencia de freno: 320
de 0 a 50 nudos
en 3 segundos

109

actuaban de la misma manera, pues se trataba de unas pequeñas caperuzas metálicas con una goma alrededor de la base, que las podías adherir a casi cualquier sitio, apretando una palanca que creaba un vacío en su interior. Esas caperuzas tenían tres afiladas cuchillas al final de un brazo extensible y, cuando se le daba cuerda, el mecanismo las hacía girar y cortaban cualquier superficie a la que estuvieran adheridas. Constituían, pues, una especie de mecanismo de perforación, y aunque yo no sabía en qué me ayudarían, decidí llevármelas también.

Lapa en la playa (tamaño real)

Roca

Mecanismo interno

Caperuza

Brazo extensible

Palanca para provocar el vacío

Una superficie cualquiera

Cuchillas

Goma selladora

Lapa perforadora mecánica
(1/4 del tamaño real)

Confío en que el pez espada impulsado por pólvora todavía funcione, porque esta noche, si logro recuperar el móvil y el cargador que guarda Cortagargantas, tengo previsto galopar en él por el mar hacia la libertad. ¡Y esta vez el *Betty Mae*, las piratas y el cazador de piratas se quedarán muy, muy lejos!

La huida por fin

Bien, todo listo. Estoy preparando la mochila... ¡Vaya, maldita sea, algo sucede arriba! Iré a investigar...
todo está a punto de empezar. Continúo más tarde...

Otro intento frustrado

¡QUÉ DESASTRE!

¿Soy libre? ¡Y un cuerno! Casi ni yo mismo me lo puedo creer, ¡pero ahora soy el primer oficial del *Betty Mae*, el segundo en autoridad después de la capitana Cortagargantas! ¡Parece que cuanto más me esfuerzo por escapar, más pirata me vuelvo!

¡Hacía tanto calor que te quemaban los globos oculares!

Desde las últimas anotaciones en este diario hemos navegado, en medio de horribles tormentas, por mares infestados de tiburones, nos hemos asado bajo un sol implacable, tan ardiente que te quemaba los globos oculares, y surcado aguas heladas hasta que las jarcias se han convertido en carámbanos. Yo he aprendido a escupir, a comer pescado crudo y, sobre todo, a luchar con la espada.

Todas las mañanas, en la cubierta principal, he recibido lecciones de Sue, *la Sable*, la mejor

espadachina de las piratas; ella me ha enseñado los movimientos más necesarios: el hachazo y el molinete. Mientras tanto, la tripulación se reunía para animarme o para reírse de mis esfuerzos. He aprendido a esquivar, detener, lanzar y saltar; he practicado tanto que creo que soy tan bueno como la misma Sable. ¡Incluso soy capaz de cortar un bizcocho en rodajas a cien
pasos con mi
alfanje!

¡Sue, la Sable,
hace una
demostración
de molinete!

No dejo de preguntarme cómo ha sucedido. ¿Cómo es posible que haya terminado siendo el segundo pirata más importante del barco pirata más temido del océano Pangaeánico? ¡Es absurdo! Pero todo empezó la misma noche en que planeaba escapar...

Había escondido el pez espada a reacción debajo de unos sacos en la cubierta y esperaba con ansia que anocheciera. Tenía la mochila preparada y aguardaba la oportunidad de recuperar el móvil del camarote de Cortagargantas. Pero mientras el sol se ponía en el alborotado mar, se oyó un grito desde la cofa:

—¡Barco a la vista!

Fui como una flecha hacia la borda junto con la tripulación y, en efecto, vimos un navío que emergía en la oscuridad, a babor del *Betty Mae*. ¡Era un barco enorme de la Marina, erizado de filas y filas de contundentes cañones, que se dirigía directamente hacia nosotros!

¡Atacados!

La capitana Cortagargantas corrió a la cubierta
de popa y se puso a ladrar órdenes. Orientaron
las velas, tensaron las cuerdas y abrieron el almacén
de armas; espadas, alfanjes, pistolas y trabucos
pasaron de mano en mano hasta que todas las
piratas estuvieron armadas hasta los dientes, ¡yo
incluido!

Con gran alboroto, las mujeres bajaron a la sala
de cañones, los prepararon para la batalla y después
le abrieron la jaula a la gruñona *Bobo*; ella trepó a la
barandilla y se dedicó a chillarle al enemigo, que se
acercaba con gran rapidez. Cuanto más se
aproximaba, más impresionante parecía: rápido,
muy bien armado y con la mejorcita tripulación de
la Marina.

Entonces enfoqué el telescopio y me quedé
atónito, porque, inclinado sobre la proa, se hallaba
Joseph Craik que miraba directamente hacia donde
yo estaba. Había demasiada distancia para oírlo,
pero le leí los labios:

—Te estoy viendo Charlie, *Corazón negro*, ¡y me
encargaré de que te ahorquen!

¿Qué podía hacer yo? Si intentaba escapar, tanto
las piratas como Craik me perseguirían. De modo
que me devané los sesos para dar con un plan.

Entonces, mientras los cañones del enemigo rugían y las balas de los cañones caían al mar, a nuestro alrededor, recordé las lapas mecánicas de Jakeman. ¿Podrían ser de utilidad? Me encaminé a toda prisa hasta donde había escondido el pez espada y aparté la lona.

En el mar

Con gran esfuerzo, arrastré el pez de hierro hasta donde se encontraba la capitana Cortagargantas.

—¿Qué es esto? —gritó ella, desconfiada. Pero no tenía tiempo de explicárselo. Le pedí que bajaran el pez al agua y salté por la borda; caí al agua y me quedé sin respiración porque estaba helada. Al cabo de unos segundos, bajaron el pez espada a reacción hasta dejarlo junto a mí, y quedó flotando en el agua, meciéndose entre el oleaje.

Me sujeté a las manecillas que el pez tenía a cada lado de la cabeza, antes de que la fuerza de las olas me alejara de él; saqué del bolsillo un paquete lleno de la pólvora especial de Jakeman, retiré una tapa en la cabeza del pez y vertí la pólvora por el agujero.

Accioné el acelerador, se oyó un zumbido

Nos sumergimos en el agua.

procedente del interior del pez, y, cuando el gas se expandió por el tubo de escape, salimos disparados a la superficie del agua a la sombra del *Betty Mae*. Cuanto más giraba la manecilla del acelerador, más deprisa íbamos: surcábamos veloces las aguas y el mortífero sacacorchos que el pez espada tenía por nariz comenzó a dar vueltas. ¡Fantástico!

—Te estoy vigilando, chico —gritó Cortagargantas, desde la cubierta—. O sea, que ni se te ocurra escapar montado en ese artefacto.

En cuanto rodeé la proa del *Betty Mae* y tuve

el barco enemigo a la vista, bajé la cabeza
del pez espada, tomé una buena bocanada de aire
y nos hundimos bajo el agua como un torpedo.
Mientras me dirigía en línea recta hacia la proa
del enemigo, oía el retumbar de los cañones en
la superficie y me tambaleaba por el impacto de
las balas de los cañones que caían al mar cerca
de mí. Aceleré, cerré los ojos y deseé con ardor
que fuera capaz de alcanzar el barco de la Marina
antes de que él hiciera volar al *Betty Mae* por los
aires.

Las lapas mecánicas de Jakeman

Cuando abrí de nuevo los ojos, la nariz sacacorchos del pez se había clavado en el casco del barco enemigo, justo por debajo de la línea de flotación, y lo estaba perforando, pero no lo suficiente para provocarle un daño importante. Entonces paré el acelerador y me incorporé en el asiento; de ese modo mantuve la cabeza fuera del agua y volví a respirar. Mientras los cañones rugían y se oía un gran jaleo, quité las lapas mecánicas del pez y les di toda la cuerda posible.

El galeón surcaba muy deprisa las aguas y levantaba olas enormes por encima de mi cabeza mientras los cañones retumbaban. De los cañones de babor se elevaban nubecillas de humo y el retumbar de los disparos de los mosquetones atronaban el ambiente. Tenía que apresurarme. Tomé una enorme bocanada de aire y me sumergí en el agua otra vez; coloqué una lapa perforadora sobre el casco del galeón y bajé la palanca para que se quedara sujeta a él; repetí la misma operación con la otra lapa y las puse en marcha. Acto seguido, hice virar el pez espada para que desenroscara la nariz del casco y me dirigí a toda velocidad hacia el *Betty Mae*. Ambos barcos disparaban constantemente los cañones y el de las piratas había sufrido serios desperfectos. Pero si mi plan funcionaba y las lapas conseguían perforar el casco del galeón, su tripulación estaría demasiado ocupada lanzando los botes salvavidas al agua y no continuaría disparando sus cañones contra nuestro barco.

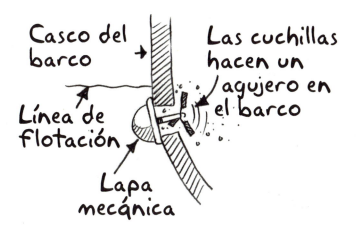

Casco del barco

Las cuchillas hacen un agujero en el barco

Línea de flotación

Lapa mecánica

¡Desde las profundidades!

Atravesé las olas a toda velocidad, de regreso al barco pirata, sin preocuparme de si me veían o no.

—¡Atrapad a ese chico! —oí que gritaba Joseph Craik, y al cabo de un minuto las balas me pasaron silbando muy cerca.

Volví a sumergirme, dejando que el pez
me condujera a las profundidades del océano,
pasé por debajo del *Betty Mae* y emergí al otro
lado de éste, protegido por su enorme casco.
Tomé una bocanada de aire y miré hacia la cubierta:
la capitana Cortagargantas estaba bajando una
cuerda sujeta a un triple gancho para izarme.
Entonces oí un tremendo gorgoteo, el sonido de
un torrente de agua y un chasquido de maderas, y,
de inmediato, en el *Betty Mae* explotaron gritos de
alegría.

—Todo ha terminado —gritó Cortagargantas—.
¡Su barco se hunde y están bajando los botes
salvavidas!

Pero yo estaba convencido de que no había
terminado todo, porque le había hundido dos
barcos al cazador de piratas y él no iba a olvidarlo
fácilmente.

El gancho colgaba justo encima de mi cabeza,
pero cuando alargué el brazo para cogerlo, ¡noté
que algo me sujetaba el tobillo y tiraba de mí bajo el
agua con una fuerza inmensa!

Todavía sentado en el pez espada, fui arrastrado
hacia abajo, muy abajo, en medio de una nube de
burbujas de agua. Pegué un tirón a aquello que me
atenazaba el tobillo y descubrí que se trataba de un
grueso tentáculo que se me había adherido. ¡Me
encontraba en serios apuros! Otro tentáculo

apareció de las profundidades, se enroscó alrededor del pez espada y nos arrastró todavía más al fondo del océano, y cuando las burbujas empezaron a desaparecer, me encontré cara a cara con un pulpo gigante. Sus brazos, de diez metros de longitud, ondeaban en las aguas, mientras que, con los dos tentáculos que me había capturado, me llevaba hacia su maligna y afilada boca.

La capitana Cortagargantas al rescate

Al mismo tiempo que me esforzaba por contener la respiración, di gas a tope al pez espada, pero no sirvió de nada porque el pulpo era demasiado fuerte. Mientras me empujaba directo a su boca, quebró la parte delantera del pez de acero y lo hizo trizas con tanta facilidad como un sastre corta una tela con las tijeras. Yo era el siguiente, así que cerré los ojos y me dejé arrastrar hacia la boca de la bestia.

Pero, de repente, el pulpo se echó a temblar y aflojó sus tentáculos. Por entre las burbujas, vi que Cortagargantas se aguantaba de pie en el triple gancho sobre el que había bajado desde el *Betty Mae*; con una mano se sujetaba a la cuerda y me tendía la otra.

Al mirar al pulpo, observé que tenía un enorme arpón de ballena clavado entre los ojos y expulsaba una nube de tinta negra; entonces, ardiéndome los pulmones por la falta de oxígeno, me solté de lo que quedaba del pez espada y nadé hacia la capitana. Tan pronto como me sujeté a su mano, ella dio un tirón a la cuerda y nos izaron.

¡No podía creerlo: la capitana Cortagargantas me había salvado la vida!

Salimos a la superficie y yo me atraganté, escupí y tosí hasta que conseguí llenarme los pulmones del frío aire marino. Entonces, cuando dejé de percibir mis vertiginosos latidos, me di cuenta de que todas las tripulantes, excepto *Bobo*, miraban desde la cubierta del *Betty Mae* gritando de alegría. ¡Yo era un héroe! ¡Y así es como me convertí en primer oficial de un barco pirata!

Venganza

Yo no deseaba ser primer oficial y continúo soñando en escapar, pero debo admitir que la vida es más fácil desde que me han ascendido. Mis deberes como grumete han recaído en *Bobo*; de manera que todas las mañanas sale de la jaula y limpia las cubiertas, lava las ollas y lleva a cabo las demás tareas. Esa mona no es feliz, y su odio hacia mí ha aumentado, si cabe. Si alguna vez tiene la oportunidad de complicarme la vida, estoy seguro de que lo hará.

El pobre y viejo *Betty Mae* se halla en un estado deplorable: el casco está lleno de agujeros a causa de los cañonazos y la parte superior del mástil mayor se ha roto; la cofa ha caído al lado de la barandilla de la cubierta principal y ahí se ha quedado a la espera de que las piratas realicen las reparaciones. Pero éstas tendrán que esperar, porque la capitana Cortagargantas quiere vengarse.

—¡Cómo se atreve Craik a atacarnos de esta manera! —exclamó, enojada—. ¿Quién se cree que es? Necesita recibir una lección que no se le olvide en la vida.

A mí me parecía que verse obligado a regresar a tierra firme remando, con cien marineros

¡Claro que sí! Le daremos una lección.

furiosos, era una buena lección para cualquiera, y no creía que la capitana debiera ir otra vez en busca de Craik, pero no me atrevía a decírselo a las piratas.

—Sí, capitana. Le daremos una lección —asintió la tripulación—. ¿Qué tenemos que hacer?

Cortagargantas no necesitaba pensarlo y dijo:

—Navegaremos en dirección a Tortilla; es la ciudad más rica de la región y ahí es donde vive Craik. Si conseguimos hundir la ciudad ante sus narices, será el hazmerreír de todo el mundo.

Así que hemos navegado con sol, nieve y tormentas mientras nos preparábamos para nuestra última y más atrevida incursión. Yo he practicado con el alfanje y me han enseñado a gritar con una ferocidad que hará temblar al enemigo; también he mantenido mi promesa y dedicado tiempo a hacer prácticas de forzar cerraduras. ¡Si en alguna ocasión me vuelven a encerrar, quiero intentar huir sin estar a punto de volarme el tobillo!

Muy pronto descubrí que era capaz de abrir las complicadas cerraduras del arcón del tesoro de los piratas en cuestión de segundos, y la herramienta perfecta para hacerlo era el dardo envenenado del pez volador que me atacó. El asta, flexible y fuerte, y la punta con doble lengüeta eran perfectas para esa función. Por lo tanto, me propuse llevarlo siempre conmigo.

¡Los piratas jugaban al frisbee con una estrella de mar!

Ahí voy otra vez

No tengo ni idea de si tendré alguna oportunidad de escapar cuando atraquemos en Tortilla, así que he pensado que necesito un plan B. Por eso, cada vez que me ha sido posible, he ido a hurtadillas hasta lo más recóndito del barco, donde he construido otro vehículo para escapar. He tenido que actuar con mucho cuidado, porque *Bobo* me ha estado vigilando más de cerca que nunca, aunque, por suerte, no se queda despierta hasta muy tarde, pues va demasiado cansada al tener que realizar mis antiguas tareas. Además, los crujidos y chirridos del viejo barco han disimulado el ruido que hago al dar martillazos, serrar y encolar.

He utilizado un viejo barril como armazón, en el cual he practicado una abertura y colocado una plancha de madera que sirva de asiento; con una rueda dentada y una cadena vieja he montado unos pedales de madera para accionar las dos ruedas de paletas, hechas con trozos de madera, y unas redes llenas de cocos se han convertido en flotadores.

¡Yo! *

Barril

Rueda de paletas (de madera)

Pedales de madera

Vieja rueda dentada

Cadena

Tablillas de madera

Asiento

Paleta para remar

¡Creo que he construido un patín, del cual incluso Jakeman estaría muy orgulloso!

No creo que este cacharro aguante a flote mucho tiempo si el mar está alborotado, así que solamente lo utilizaré si no consigo escapar en Tortilla. Pero estoy más tranquilo al saber que dispongo de otro medio para huir si lo necesito. (¡Siempre y cuando Craik, el cazador de piratas, no me capture antes!)

Un aprieto comprometido

¡Oh, no! Ha sucedido una cosa horrorosa: han capturado a la capitana Cortagargantas, ¡y todo ha sido por culpa mía! Peor todavía, ¡ella llevaba mi teléfono móvil encima cuando Craik la metió en prisión! De modo que todos mis planes de huida han quedado detenidos otra vez, porque tengo que recuperar mi teléfono; además, Cortagargantas me salvó la vida, así que no puedo dejarla que se pudra, ¿verdad? ¡Ya decía yo que nunca deberíamos haber ido a Tortilla!

Tan pronto como llegamos a puerto, la capitana envió a Annie a tierra para que hiciera un reconocimiento. Estaba segura de que Craik, después de haber sido derrotado, estaría desesperado por atrapar a nuestra banda de piratas, y tenía razón. Annie volvió de tierra firme con un cartel que había arrancado de una pared del puerto. Cortagargantas lo desplegó y me lo dio.

SE BUSCA

Por actos de piratería en alta mar
y en las colonias de Su Majestad

◆

CHARLIE,
CORAZÓN NEGRO,

ENEMIGO PÚBLICO N.º 1

◆

Se ofrece una recompensa de 2.000 guineas
a cualquiera que ofrezca información útil
para capturar a esa infame alimaña.

◆

VIVO O MUERTO
Joseph Craik

Por orden de Joseph Craik, cazador de piratas

¡Estaba conmocionado! ¡Yo, Charlie Small, el pirata más buscado del mundo! ¿Qué diría mi madre? Entonces me di cuenta, aliviado, de que aquella noticia significaba que no podía participar en la incursión. Por un maravilloso instante pensé que me ahorraría correr el peligro de que me capturaran o me mataran, y por fin escaparía en mi patín de pedales mientras las piratas estaban en tierra firme. Pero la capitana Cortagargantas tenía otra idea.

—Te quiero a mi lado, Charlie, e irás disfrazado, como nosotras —me dijo mientras se embutía en un elegante vestido.

¡Y entonces ordenó que le trajeran los vestidos que quedaban!

—¡Ni hablar! —grité yo—. Debes de estar bromeando.

Pero ella insistió y tuve que probármelos uno a uno ante las piratas, y hacer un pase arriba y abajo por la cubierta, como si estuviera en una pasarela. Al fin decidieron que me pusiera un vestido largo de satén verde, rematado con encaje español, y un sombrero a juego. ¡Qué vergüenza!

¡Llevando esa falda tan larga, era prácticamente imposible huir!

¡Capturada!

De cualquier forma, no tuve oportunidad de escapar, puesto que en la barca de remos me apretujaron entre Rawcliffe Annie y Lizzie Hall, y la capitana insistió en que me quedara a su lado mientras nos dirigíamos al mercado.

—Es tu obligación como primer oficial, Charlie —me dijo.

Yo sabía que, si protestaba, sospecharía de mí.

Mientras las piratas ejecutaban el viejo truco de rodear a la gente, yo suponía que el cazador de piratas aparecería con un ejército de soldados, pero nos libramos. Por lo menos, nos libramos hasta que llegó el momento de marcharse.

Con las bolsas repletas de un reluciente botín, corríamos por los estrechos callejones que conducían al puerto, llevando mucha ventaja a la enojada multitud. Cuando enfilamos una calle adoquinada, ¡descubrí lo difícil que es correr con falda larga y zapatos de tacón! Y al doblar una esquina a toda velocidad, un tacón se me metió entre dos adoquines, me torcí el tobillo y caí al suelo; Cortagargantas, que iba detrás, tropezó conmigo y también se cayó, enredándose con las faldas.

Fue en ese momento cuando oí una voz familiar...

—¡Detenedla! ¡No la dejéis escapar! —gritó Craik, el cazador de piratas.

Desesperado, me escabullí como pude de debajo de la capitana y rodé hasta un puesto de mercado, abandonado a un lado del callejón. Lo hice justo a tiempo porque la multitud se echó encima de ella.

—Llevadla a la madriguera —dijo Craik con frialdad. Oí cómo Cortagargantas soltaba una exclamación—. La ahorcaremos al amanecer y luego la ataremos a las rocas y se la dejaremos a los buitres... A no ser que esté dispuesta a decirme dónde se encuentra ese vagabundo con cara de rata, Charlie, *Corazón Negro*. ¡Es a él a quien busco!

Yo me acurruqué en la oscuridad, debajo del puesto, y me sentí fatal. Por cruel, despreciable y malvada que fuera la capitana, ¡yo no quería que la ahorcaran! Al fin y al cabo había sido mi torpeza la que había provocado que la atraparan, y ahora le pedían que delatara a un colega para salvarse, pero yo estaba convencido de que ella nunca entregaría a otro pirata; eso iba contra todo lo que Cortagargantas defendía.

—¿Que dónde está Charlie, *Corazón Negro*? —repitió ella, en voz baja—. Mmmm, dejadme pensar...

¡En guardia!

¿Quéééé? ¡No podía creerlo! ¡Era imposible que, después de tantos discursos sobre el honor de los piratas, la capitana me entregara a la horca! Debí de soltar una exclamación de sorpresa, o quizá ella me había traicionado en voz baja, porque al cabo de un minuto apartaron el cobertor del puesto de mercado y ante mí apareció el rostro de Craik, el cazador de piratas. ¡No fue en absoluto una visión agradable!

—Vaya, vaya, mira lo que hemos encontrado —dijo él—. Una niñita delgaducha. Pero, un momento, una niña no puede ser tan fea... ¡Eh, si es mi viejo amigo Charlie, *Corazón Negro*! —Me dio un empujón con la punta de la espada—. ¡Fuera de ahí, chico!

Salí rodando de debajo del puesto y, al girarme, saqué el alfanje que llevaba oculto entre las faldas; me puse en pie de un salto y me dispuse a luchar.

—¡Ah! Así que estás cansado de vivir, ¿eh? —se burló el cazador de piratas mientras levantaba la espada y se ponía en guardia.

—No, estoy cansado de ti —repuse.

—¡Aaaah! —rugió Craik arrojándose contra mí con la espada en alto.

Me lanzó una estocada, pero yo la paré tal como me había enseñado Sue, *la Sable*, aunque noté una sacudida en todo el cuerpo a causa del encontronazo. De inmediato el ruido del entrechocar de nuestras armas resonó en el callejón, mientras yo luchaba por salvar la vida. Craik me lanzó otra estocada que esquivé agachándome y, al estrellarse la espada contra el muro de la calle, produjo un fuerte chasquido y un chorro de chispas.

—¡Has fallado! —grité mientras retrocedía por el callejón, pues detrás de mí había un tramo de escalones que conducían al puerto. Craik se precipitó hacia mí otra vez dando sablazos al aire, como un carnicero enloquecido, y me hizo un corte en la falda del vestido—. ¡Eh! ¡Éste es mi mejor vestido! —chillé yo, y volví a cargar contra él.

El hombre alzó el arma para asestarme un golpe y, en cuanto lo hizo, yo me aparté con rapidez a un lado y él pasó por delante de mí trastabillando. En éstas, la multitud se me vino encima, pero yo levanté la espada y retrocedieron. Aprovechando la posición del brazo, me di la vuelta y golpeé a Craik en el trasero con la parte plana de la espada. Él perdió el equilibrio y se agachó moviendo los brazos como un molino de viento, en un desesperado intento de no caer al suelo. Pero no le

sirvió de nada porque, soltando un chillido, cayó
con un estruendo enorme por los escalones; se
quedó tendido, aturdido y confuso sobre los

adoquines, y yo volé por los escalones, salté por encima de él y corrí hacia el muelle. Las piratas ya estaban a bordo del *Betty Mae*, y me hacían señales para que me apresurara, así que salté a un bote vacío y remé con toda mi energía. Cuando hube trepado por la escalerilla de cuerda hasta el barco, Cabeza de Escoba me dio un telescopio y, muy seria, me indicó que mirara hacia Tortilla. Enfoqué el aparato y vi que el muelle estaba desierto, pero entonces, ella me lo desvió un poco y distinguí una procesión de soldados y gente de la ciudad que conducían a la capitana colina arriba, hacia una enorme prisión de piedra que se erigía encima del puerto.

—Ésa es la madriguera de Craik —me dijo Kate—. Ningún pirata que atraviesa esas puertas sale vivo de ahí.

Yo me quedé anonadado, porque era a donde tenía que ir.

El rescate

Habíamos lanzado el ancla a unos tres kilómetros de la costa y esperábamos a que cayera la noche, momento en que yo realizaría mi atrevido intento de rescate.

«¿Por qué tengo que molestarme en intentar salvar a esa forajida taimada después de la manera en que me ha tratado? —me preguntaba—. Bueno, al fin y al cabo la han capturado por mi culpa. Pero lo más importante es que tiene en su poder mi precioso teléfono, y quizá yo lo necesite algún día, si es que consigo llegar a casa alguna vez.»

Las piratas están muy sorprendidas de que quiera volver en busca de su jefa; creen que es demasiado peligroso. Por eso, Rawcliffe Annie ha afirmado: «Ha sido una buena capitana, pero abandonarla es exactamente lo mismo que ella haría con nosotras. ¡En momentos como éste, cada una debe cuidar de sí misma!».

Pero al fin (¡a cambio de mi parte del botín de Tortilla!) he conseguido que me concedieran tiempo hasta el amanecer, antes de zarpar definitivamente. Desde ese momento he estado arreglando mi equipo de explorador; me lo llevo todo, incluso el cuchillo de caza ¡y la linterna, que, por milagro, ha reaparecido en mi hamaca esta noche! También me llevaré un triple gancho atado a un trozo de cuerda, un pequeño arpón de resorte y una de las lapas mecánicas que quedan, pues he comprobado que la única manera de llegar hasta la madriguera, sin que me vean, consiste en trepar por el inmenso precipicio. Las piratas afirman que eso es imposible, pero yo creo que, después de trepar tanto a los árboles de la jungla y a las jarcias del *Betty Mae*, tengo buenas probabilidades de conseguirlo.

De modo que, mientras espero a que el sol se ponga, escribo estas notas, ¡tal vez las últimas de este diario! Estoy contento de haberlo puesto al día, pero si veis que la página siguiente está en blanco, sabréis que Craik, el cazador de piratas, ha dado fin a mis días de explorador por siempre jamás.

¡Aaaah!

(¡Perdón, me he saltado una página!)

Una ascensión difícil

Mientras el crepúsculo borraba las cumbres de los acantilados que se erigían sobre el puerto, me instalé en la barca de remos con Lizzie Hall. Ésta remó con vigor, como si tuviera los brazos de acero, y muy pronto llegamos a los rocosos salientes al pie del imponente acantilado, sobre el que se encontraba la madriguera.

—Buena suerte, Charlie —susurró mientras yo saltaba al agua—. ¡Pero recuerda que sólo podemos esperar hasta el amanecer!

Yo levanté el pulgar y, sin decir nada, me aproximé a las resbaladizas rocas y empecé a trepar. En ese momento todo estaba muy oscuro, de manera que tenía que buscar a tientas los puntos de apoyo para las manos y los pies, mientras mantenía la nariz pegada a la roca, salpicada por la espuma de las olas que se estrellaban a la altura de mis caderas cuando llegaban a la costa.

Poco a poco, me alejé del mar. El rugido del viento reemplazó al de las olas, e hizo todo lo que pudo por arrancarme del acantilado. Yo me agarraba con firmeza, aplastándome contra la roca, aunque los dedos me dolían mucho a causa del esfuerzo por sujetarme.

Una mano amiga

Al fin trepé a un saliente y descubrí un conjunto de nidos de buitres. Me sorprendió encontrar tantos animalitos agrupados en la cornisa, pero supuse que, probablemente, se alimentaban de los piratas que Craik lanzaba a las rocas. ¡Aaay! Eso podía sucederme a mí al día siguiente.

Me apoyé en uno de los nidos para recuperar el aliento y, casi al instante, me di cuenta de que había sido una mala idea, porque en él reposaban dos polluelos, unos bichos feísimos, cubiertos de pegotes de plumas y pelusilla, de pico ganchudo y... casi de mi mismo tamaño. Mientras

chillaban y arremetían contra mí, me preguntaba
cómo debía de ser la madre si ellos eran tan
grandes. A todo esto, ¡PAM!, la madre me golpeó
en la espalda con las garras y me tumbó; me asió
el cuello del abrigo y me izó en la profunda
oscuridad.

No sabía si volaba por encima del mar o de la
tierra, pero como el viento soplaba a una velocidad
alarmante, me sujeté con firmeza a las patas del ave
por si, en una de éstas, decidía soltarme. Al salir la
luna por detrás de una densa nube, comprobé que
volábamos a lo largo de la cima de los acantilados
hacia la madriguera. Nos dirigíamos exactamente a
donde yo quería ir, pero era consciente de que el
buitre podía cambiar de dirección en cualquier
momento. Tenía que hacer algo, pues, antes de que
se encaminara hacia el agua. Pero ¿qué era lo más
adecuado?

Entonces tuve una idea: ¡echaría un ancla!

Me sujeté con una mano a la escamosa pata del
buitre y, con la otra, conseguí abrir la mochila;
rebusqué dentro y saqué el triple gancho.
Realizando un gran esfuerzo, conseguí atarme
alrededor de la cintura la cuerda que colgaba de
aquél y lo dejé caer a tierra.

Oí cómo golpeaba y rasgaba la hierba de la cima
del acantilado y entonces, ¡CRAC!, se clavó en una
roca y la cuerda se tensó. Me sujeté con fuerza a las

patas del buitre y nos detuvimos en seco, en pleno vuelo, sufriendo un tirón que nos sacudió todo el cuerpo.

El animal me soltó el cuello del abrigo y batió las enormes alas con ansiedad para intentar que la caída fuera más lenta, pero no podía avanzar mientras yo colgara de sus patas. Entonces, justo antes de que nos estrelláramos contra la cima de los acantilados, lo solté y el ave volvió a levantar el vuelo.

Me golpeé bastante fuerte al caer, pero conseguí amortiguar el porrazo rodando por el suelo de la manera que había aprendido de los gorilas, durante mi estancia en la jungla. Luego me quedé tendido sobre la rasposa hierba, escudriñando la oscuridad, hasta que recuperé la respiración.

A unos doscientos metros más allá, en lo alto de los acantilados, la lúgubre silueta oscura de la madriguera se recortaba contra las nubes que, blanquecinas e iluminadas por la luz de la luna, recorrían el cielo. Recogí el gancho, enrollé la cuerda, me la colgué del brazo y me encaminé con sigilo hacia allá.

En la madriguera

Asentado sobre los acantilados que caían en picado, el altísimo edificio se erigía ante mí. Me agaché entre las sombras, al pie de los enormes muros de piedra, y eché un vistazo para asegurarme de que no había guardias; entonces saqué el miniarpón y le introduje el mango del triple gancho; amartillé el resorte, me apoyé el arpón en el hombro, apunté a la cima del muro y disparé.

¡ZUM! El gancho se elevó en el cielo nocturno arrastrando la cuerda

Lancé el triple gancho por encima del

consigo; sobrepasó el muro y oí un chasquido cuando se clavó al otro lado de éste. Esperé un momento para comprobar que el ruido no hubiera alertado a los guardias y, a continuación, tiré de la cuerda hasta que el gancho quedó firmemente sujeto. Entonces trepé por ella y fui a parar a un oscuro pasadizo en lo alto del muro.

Antes que nada, observé la distribución de la fortaleza: abajo, en un extremo del patio, había un cuartel, a través de cuyas ventanas divisé a los guardias que bebían cerveza y se palmeaban la espalda. En el otro extremo del patio se hallaba el conjunto de celdas, cuyas ventanas enrejadas eran tan pequeñas que parecían un panal de abejas; la capitana Cortagargantas tenía que estar en alguna de esas celdas. Sin embargo, aparte de los guardias de aspecto somnoliento instalados en las torres de vigilancia, daba la impresión de que el resto del castillo estaba desierto.

Recorrí muy deprisa el pasadizo, caminé sigilosamente junto a una de las torres y llegué hasta una puerta que yo confiaba en que condujera a las celdas. La puerta, por supuesto, estaba cerrada con llave, así que saqué el dardo envenenado de la mochila y lo introduje por el enorme ojo de la cerradura. Entonces quedó demostrado que mis prácticas habían valido la pena, porque, al cabo de un momento de manipular la cerradura, se produjo un chasquido y la puerta se abrió.

Una escalera conducía hacia el interior, pero como estaba completamente a oscuras, tuve que bajar a tientas

Forcé la cerradura con el dardo del pez volador.

mientras contaba los escalones para tener una idea de cuántos descendía. Conté 267 hasta que llegué a otra puerta (deduje que debía de haber bajado hasta una altura equivalente a la mitad del muro exterior y supuse que estaría al mismo nivel de las celdas); en la puerta había una rejilla, a través de la cual distinguí un pasillo iluminado por una antorcha, situada en la pared de enfrente. Forcé también la cerradura, me planté en el pasillo y, pegado a la pared, lo recorrí sin hacer ruido en dirección a las celdas.

¡La fuga!

El pasillo conducía a un rellano que rodeaba el conjunto de celdas, distribuidas alrededor de un patio de luz central al descubierto de arriba abajo, y, al asomarme, conté veinte rellanos más, por lo menos, que desaparecían en la oscuridad de la parte inferior. ¡En cada rellano había unas cien celdas! ¿Cómo iba a encontrar a Cortagargantas entre todas ellas?

Pero parecía que continuaba teniendo buena suerte porque, cuando me apoyé en la pared pensando en qué iba a hacer a continuación, oí una voz familiar que cantaba en algún lugar del rellano de abajo:

«Éramos las pobres esposas de unos piratas despiadados, que nos dejaban en casa haciendo de mamás...».

¡Era la capitana!

—¡Silencio! —gritó el carcelero nocturno que patrullaba por ese piso, arrastrando los pies, y golpeó la puerta de la celda de la capitana—. ¿Me has oído? Te he dicho que cierres el pico. —Y, reemprendiendo el camino, bajó un tramo de escaleras hasta otro piso inferior para continuar la ronda.

Bajé los escalones de piedra, me dirigí a la celda de Cortagargantas y di unos golpecitos en la puerta.

—Capitana, soy yo, Charlie Small.

—¡Charlie, chico! —gritó ella, y se precipitó hacia los barrotes de la puerta—. Sabía que vendrías; sabía que no dejarías que me colgaran.

—Tengo una deuda contigo por haberme salvado del pulpo —le susurré.

Estudié la cerradura de su celda y enseguida me di cuenta de que era mucho más complicada que las que había abierto hasta entonces. No había manera de forzarla, así que saqué la lapa mecánica de la mochila y la fijé sobre ella.

Después de haberle dado toda la cuerda a la lapa, la puse en marcha y las cuchillas giraron y cortaron la pesada puerta de roble. Al principio producían un ruido sordo y poco intenso, pero cuando tocaron el hierro de la cerradura, se oyó un agudo chirrido que rasgó la quietud de la noche. Cubrí la lapa con la mochila en un intento de amortiguar el sonido, pero ya no había remedio.

—¿Quién está haciendo ese ruido? —preguntó el carcelero, que se encontraba algunos rellanos más abajo—. Parad ahora mismo; vais a despertar a todo el mundo. —Y percibí cómo volvía a arrastrar los pies al recorrer el rellano y subir la escalera.

Las cuchillas de la lapa chirriaban mientras perforaban la cerradura y esparcían

¿Quién está haciendo ese ruido?

El carcelero

virutas de metal por el suelo. Deseé que aquel cacharro se diera prisa y el carcelero fuera más despacio.

En el momento en que éste llegaba a nuestro piso, las cuchillas acababan de atravesar la puerta y giraban silenciosamente en el vacío. Entonces quité la lapa y presioné el enorme círculo de madera y metal hasta que cayó al suelo; la puerta se abrió y la capitana salió al rellano.

—¡Vámonos! —exclamó, y la conduje al rellano superior por el camino por donde yo había bajado.

—¡Deteneos! —gritó el viejo carcelero a nuestra espalda—. ¡Deteneos o disparo!

¡CLANG!

Una bala rebotó en la escalera en el instante en que nosotros desaparecíamos en el piso de arriba.

—¡Atrápanos si puedes, viejo! —gritó Cortagargantas.

Pero el carcelero sopló un silbato para despertar a los guardias, y el agudo sonido se propagó por el recinto de las celdas.

Levantamos el vuelo

Recorrimos el pasillo a todo correr, subimos los 267 escalones y salimos al pasadizo en lo alto del muro, pero ya se oían ruidos de pasos y gritos. Al cabo de un minuto, cincuenta feroces guardias, armados con picas, salieron en pelotón por una puerta del pasadizo de enfrente, al mismo tiempo que los vigilantes de las torres preparaban los mosquetones.

No podíamos de ninguna manera descender por la cuerda que todavía colgaba del acantilado, puesto que hubiéramos sido unas presas muy fáciles.

Los guardias nos atacaron y yo creí que todo había terminado, pero entonces Cortagargantas se metió la mano debajo de la blusa y sacó un montón de pistolas.

—No miraron aquí dentro cuando me cachearon. —Ella me guiñó un ojo. ¡Pues menos mal!

La capitana disparó al aire y los guardianes se detuvieron en seco y se agazaparon. Entonces los hombres de las torres hicieron fuego y las balas pasaron silbando por encima de nuestras cabezas.

—¡Rendíos ahora que todavía estáis a tiempo! —gritó el jefe de los guardias, y, surcando el aire hacia nosotros, una docena de picas cayeron en el pasadizo a nuestros pies. Pero Cortagargantas volvió a disparar y percibí cómo la bala rebotaba en el casco del hombre que nos había invitado a rendirnos. Entonces tuve una idea.

—Mantenlos a raya —le dije mientras abría la mochila y sacaba la hoja gigante que guardaba desde la época que pasé en la jungla.

Acto seguido, utilizando una de las picas que nos habían lanzado, la coloqué atravesada a lo ancho de la hoja y, con el cuchillo de caza, corté el trozo que sobraba por cada lado; hice lo mismo con otra pica, pero esta vez a lo largo de la hoja, y luego, con un trozo de cuerda de mi equipo de explorador, até los dos palos formando una cruz. Mientras yo hacía esto, la capitana no cesaba de disparar cargando las pistolas tan deprisa como podía. Los guardias se iban acercando a nosotros gradualmente y los de las torres no dejaban de atacarnos con los mosquetones. ¡Por suerte, eran malos tiradores!

—¡Date prisa con lo que estás haciendo! —gritó la capitana—. Se nos van a echar encima en un minuto.

Cuerda

Hoja gigante

Palos de la pica

Efectué cuatro cortes en la hoja y pasé los extremos de los palos por ellos.

—¿Confías en mí? —le pregunté mientras me subía a la pared, entre dos almenas.

—Por completo, Charlie, por completo.

«Eso está bien —pensé—, porque no tienes otra opción.»

A continuación coloqué el artilugio en posición vertical, me sujeté a la cruz hecha con los palos y le grité:

—Agárrate a mi cintura. ¡Deprisa!

Ella disparó una vez más y se me agarró.

—¡A volar! —grité, y saltamos en medio de la oscuridad.

Cortagargantas pesaba mucho, y ambos caíamos como una piedra, mientras las picas volaban sobre nuestras cabezas y las balas agujereaban la hoja. Pero lo único que podía hacer era sujetarme muy bien a la cometa improvisada que ondeaba con violencia al viento.

—¡Haz algo, Charlie! —gritó la capitana.

Enfrentándome a la fuerza del viento, resitué la cometa en la posición adecuada, y al poco rato pillamos una corriente de aire que la infló y nos arrastró por encima de la cima del acantilado, al mismo tiempo que el cielo adquiría los tonos amarillentos propios del amanecer.

«Será mejor que nos demos prisa —pensé—, o el *Betty Mae* nos abandonará.»

Así que incliné la cometa y bajamos sobre los reflejos dorados del agua en dirección al barco.

La capitana, que había resbalado y ahora me agarraba por las rodillas, chilló:

—Date prisa, Charlie. ¡Estoy resbalando!

De vuelta a bordo del Betty Mae

A medida que nos acercábamos al barco pirata, planeábamos cada vez más bajo. Llegó un momento que los pies de Cortagargantas rozaron el agua mientras ella se sujetaba a mi pantalón como a una tabla de salvación. ¡Pero el *Betty Mae* ya estaba navegando! Al darnos cuenta les gritamos, les chillamos y dimos alaridos.

—¡Aquí, cabezas huecas! —exclamó la capitana en cuanto descendimos hacia el barco como gaviotas borrachas—. Es que no reconocéis una orden cuando... gluglú, gluglú. —Se hundió bajo las olas y sus gritos se apagaron; yo también caí al agua, y la cometa, a su vez, se nos vino encima. Nos agarramos, entonces, a la hoja flotante, hasta que Lizzie vino a buscarnos con el bote de remos.

En estos momentos estamos surcando el mar a toda velocidad, a pleno sol, después de una noche movidita... Pero todavía no se han terminado los problemas, puesto que el galeón de Craik, veloz como el viento y repleto de armas, nos persigue de cerca. No debe de faltar mucho para que nos ataque, y yo tendré que luchar para defender mi vida, porque, aunque dispongo del pequeño bote (hecho con el barril), escondido en mi camarote en espera de una oportunidad para escapar, éste no es el momento para utilizarlo... ¡Me pillarían a la primera de cambio! Así pues, tendré que volver muy pronto a cubierta y prepararme para pelear, pero ahora que no dispongo de ningún invento de Jakeman, no sé qué oportunidades se me presentarán. El barco de Craik tiene más cañones que el nuestro y el *Betty Mae* no se ha reparado desde la última batalla.

Bueno, las cosas no pueden ir peor. ¿O sí?

Unos visitantes inesperados

—¡Barco a la vista! —chilló Rawcliffe Annie desde lo alto de las jarcias.

—¡Ya lo sabemos, imbécil! —gritó Cortagargantas—. Craik nos está pisando los talones desde el amanecer.

—¡No, no, hay otro barco a la vista! —chilló Annie mientras señalaba a estribor.

Yo me lancé hacia ese lado, miré por el telescopio ¡y comprobé que las cosas se habían puesto mucho, mucho peor!

Un barco fantasma, blanco como el marfil y de velas amarillentas por el reflejo del sol matutino, se nos acercaba a toda máquina; la proa, tallada por completo, representaba una calavera sonriente, por cuyos ojos —en forma de ventana— salía el brillo rojizo de unas antorchas que pendían en el interior.

¡El barco fantasma se nos aproximaba!

Por su parte, la tripulación, también vestida de blanco, se hallaba en la cubierta.

Enfoqué el telescopio hacia el rostro del capitán y me quedé mudo de terror, pues contemplé las cuencas vacías de una calavera descolorida por el sol. ¡La tripulación del barco de marfil eran esqueletos!

—¿Amigos o enemigos? —preguntó la capitana Cortagargantas. Yo no dije ni una palabra, sino que le pasé el telescopio—. Enemigos —dijo, sin siquiera mirar por él—. Acabo de recordarlo: ¡nosotras no tenemos amigos! Así que ¡a los cañones, afilad los alfanjes y preparaos para bailar la danza de la muerte!

La danza de la muerte

Describiendo una amplia curva, Cortagargantas hizo virar el barco, se alejó de los otros galeones, volvió sobre sus pasos y lo puso rumbo al barco de Craik. Éste también había virado para perseguir al barco fantasma, el cual, a su vez, nos perseguía a nosotros;

al cabo de unos momentos los tres navegábamos en círculo, realizando el famoso baile de la muerte. Cada barco apuntaba con sus cañones a los otros dos; si uno de ellos atacaba, los dos restantes dispararían contra el atacante. De modo que el juego estaba en tablas: ¡ninguno se atrevía a disparar primero!

Así pues, giramos sin parar mientras el sol se elevaba hacia lo alto. El mar se había quedado en calma y ni siquiera los gritos de las gaviotas rompían el silencio; solamente se oía el chirrido de las jarcias y el ocasional crujido de una vela hinchada por el viento. Poco a poco los tres barcos nos detuvimos en un enfrentamiento clásico. ¿Quién dispararía primero?

Un estruendo atronador

Los segundos se convirtieron en minutos largos y silenciosos, hasta que la tensión se hizo insoportable.

Pero a todo esto los cañones de Craik entraron en acción y yo me puse a cubierto.

—¡Que nos oigan! —aulló la capitana Cortagargantas—. ¡Disparad a discreción!

Nuestros cañones respondieron con un rugido y a continuación sonaron los del galeón de marfil. Se produjo un terrorífico estruendo y se propagaron tan densas nubes de humo por el mar que no se veía nada en absoluto.

Cuando por fin los cañones se quedaron en silencio y el humo se disolvió, lo único que quedaba del barco de Craik eran unos trozos de madera flotando. Los marineros se sujetaban a los restos del navío e intentaban subir a los botes salvavidas, y el propio Craik estaba sentado sobre un trozo de mástil roto chillándonos y amenazándonos con el puño.

—¡Lo hemos derrotado otra vez!

—¡Fantástico! —grité yo—. ¡Todo ha terminado!

—Todavía no, hijo —replicó Cortagargantas—. ¡Mira! Y señaló hacia el otro inmenso galeón, que se dirigía directo hacia nosotros como una aparición fantasmal y terrorífica. El esqueleto del capitán se había situado en la proa con la pistola a punto.

—¿Quiénes son? —pregunté con el corazón acelerado.

—Los fantasmas de unos despreciables piratas. ¡Estamos listos! —contestó la capitana Cortagargantas—. Será mejor que reces tus oraciones, chico.

La batalla final

El galeón que se aproximaba tenía el aspecto de un monumental y siniestro pastel de boda, pues de un extremo a otro estaba decorado con unos intrincados relieves que representaban cabezas decapitadas y cráneos. A todo esto el navío disparó, y los cañones del *Betty Mae* le respondieron.

Astillas de madera volaron por todas partes, los pulmones se nos llenaron de humo y nos escocieron mucho los ojos mientras nos tambaleábamos por la cubierta; nos habíamos metido de lleno en una batalla brutal y todo resultaba confuso. Pero no había tiempo que perder: yo cumplía órdenes de la capitana —orientar las velas y tirar de las cuerdas— mientras las piratas disparaban sin cesar desde la sala de cañones.

Maniobramos poco a poco hasta que nos colocamos al lado del enemigo.

—¡Preparaos para el abordaje! —gritó Cortagargantas—. ¡Pero no hagáis prisioneros!

Mientras yo aferraba la espada y me disponía a luchar para salvar mi vida, una horda de piratas fantasmas apareció por entre el humo con los alfanjes enarbolados, zumbando en el aire. Cayeron a bordo del *Betty Mae*, dirigidos por el feroz

167

esqueleto —sonriente y de cuencas vacías—, al cual le sobresalía una mata de cabello desordenado por debajo del sombrero. Aquel ser levantó la espada para cortar en dos a la capitana Cortagargantas, pero, de súbito, se quedó inmóvil.

Ivy, ¿eres tú?

—Ivy, ¿eres tú? —exclamó, y tiró de la calavera hasta que se la arrancó de la cara.

¡Era una máscara que cubría el rostro de un hombre normal y corriente!

—¡Ah, Ted! —repuso ella, y se abrazaron. Se trataba del esposo de Cortagargantas y de su banda.

Los restantes piratas también se abrazaron sin recordar las viejas peleas, ¡y yo nunca me había sentido tan aliviado!

—Esta noche celebraremos una fiesta de reconciliación —rugió Ted, o capitán Huesos, como prefería que lo llamaran—. Estáis todas invitadas a bordo de *La calavera del sarraceno* a las ocho en punto. ¡Y traed un barril!

En estos momentos los piratas están charlando y riendo, y yo me he escapado a mi habitación para escribir mis últimas aventuras y comprobar el estado de mi bote, antes de intentar la huida.

¡Sí, por fin voy a hacerlo! Esta noche, durante la fiesta, estoy decidido a marcharme. ¡Aunque tenga que pedalear días enteros! Ya he tenido bastante de piratas y de cazadores de piratas, ¡y quiero volver a casa!

La huida del Betty Mae

¡Lo he logrado! ¡He escapado, y floto a cielo abierto en el medio de transporte más extraño del mundo! Es un poco difícil escribir en la posición en que estoy, pero necesito contar qué ha sucedido.

Esperé a que la fiesta estuviera en su apogeo a bordo de *La calavera del sarraceno* y, mientras los piratas cantaban sus groseras canciones marineras y bailaban, regresé sigiloso al *Betty Mae*. Con el corazón acelerado, me colé en el camarote de la capitana y, a la luz de mi linterna, encontré el vestido que ella llevó en la última incursión, todavía húmedo porque se cayó al mar; junto al vestido encontré también el bolso y lo registré: ahí estaban mi móvil y el cargador. Me los metí en el bolsillo y regresé a mi habitación, donde destapé el bote que construí con el barril y, aunque con cierta dificultad, lo arrastré por los pasillos vacíos y escaleras arriba hasta la cubierta principal.

El jaleo de la fiesta ahogó el sonido del bote al caer al agua desde la borda del *Betty Mae*. A continuación bajé por la escalerilla de cuerda hasta el barril flotante, llevando colgada a la espalda la mochila que contenía todo mi equipo de explorador, además de un trozo de grasa de ballena ahumada y una gran bolsa llena de oro.

¡Uau! El barril se hundía mucho en el agua y solamente la cabeza y los hombros me quedaban fuera del agua. Tanteé los pedales con los pies, crucé los dedos para que el artefacto funcionara y pedaleé con energía. Poco a poco, el barril avanzó; y, a medida que ganaba velocidad, los pedales giraron con mayor facilidad, de modo que el patín batió el agua y me fui alejando del barco. ¡Mi invento era un éxito!

«Hasta nunca, imbéciles», pensé.

Pero no había recorrido ni cien metros cuando me vieron. Fue *Bobo*, por supuesto.

—¡Desertor! —chilló el mono desde las jarcias, alertando a todos los piratas, que se apelotonaron en la barandilla.

—¡Traidor! —gritó la capitana Cortagargantas.

—¡Vuelve aquí, perro! —gruñó su esposo—. Te voy a despellejar vivo.

¿Volver? ¡Ni en broma! Pedaleé tan rápido como pude, pero pronto me atacaron. La bala de un mosquete agujereó el barril y el agua entró por el orificio.

—¡Socorro! —grité al hundirme.

—¡Hasta nunca, renacuajo! —gritaron los piratas—. ¡Saluda al fondo del mar de nuestra parte!

Y mientras *Bobo* chillaba de alegría, se concentraron de nuevo en su celebración.

Pero no me hundí; no del todo, quiero decir.

Mientras el bote se sumergía, conseguí sacar dos tablones de madera y colocarlos entre la red, llena de cocos. Me tumbé encima de éstos, e impulsándome con las piernas, conseguí nadar entre las olas y alejarme en la oscuridad.

Un nuevo mundo

Era una noche gélida y solitaria, y yo notaba mucho frío mientras nadaba; no tenía ni idea de qué dirección tomar, así que dejé que la corriente me llevara a donde quisiera. Me había alejado mucho de las piratas y de Craik, el cazador de piratas, y eso era estupendo. Sin embargo, cuando por fin amaneció, vi que me hallaba completamente solo en medio de un mar vastísimo y en calma. Pero no se parecía en nada al océano por el que había navegado con el *Betty Mae*. Porque éste, de un color verde grisáceo, se había convertido en uno que brillaba como la plata, por el cual se esparcían columnas de rocas: el hogar de los cormoranes albinos que me contemplaban como fantasmas silenciosos.

El mar estaba en completa quietud y yo me quedé muchas horas entre las rocas y los peñascos, asombrado ante ese lugar tan extraño, hasta que

Los cormoranes albinos

observé que mi balsa improvisada se hundía poco a poco en el agua.

Los tablones de madera se habían empapado, por lo que debía aligerar el peso si no quería irme al fondo del mar; abrí, pues, la mochila y saqué el bulto más pesado que llevaba en ella: el saco de oro que había cogido del barco de las piratas.

—¡Adiós, vida de riquezas! —dije suspirando, y vacié la bolsa hasta que el último doblón desapareció bajo las aguas.

—Disculpa —me dijo un pequeño pez, redondo como una bola, que emergió entre las olas—, pero has estado a punto de hacerme daño.

El pez globo hinchable

—Lo siento —dije yo, sorprendido de estar hablando con un pez.

—Vale, pero deberías vigilar dónde vacías tu basura —repuso, muy engreído.

—Te he dicho que lo siento —le grité—. ¿Y quién eres tú para decir a la gente lo que tiene que hacer?

—¿Que quién soy? —replicó, asombrado. Inhaló aire por la boca, se infló hasta doblar su tamaño y se puso a rebotar en el agua—. ¿Que quién soy? Pues... el famoso pez púrpura hinchable.

—¿Famoso por qué? Nunca he oído hablar de ti.

—Famoso por la capacidad de aguantar la respiración. Soy el campeón del mundo, el emperador de las exhalaciones retenidas, el...

Pero yo ya no escuchaba las bravuconadas del pez hinchable porque se me estaba ocurriendo una idea que...

—Apuesto a que puedo aguantar la respiración más tiempo que tú —le dije mientras buscaba el ovillo de cuerda en la mochila.

—Lo dudo —repuso él con arrogancia—. Porque soy capaz de aguantar la respiración un año entero.

—No te creo.

—Pues mírame. —Y a continuación inhaló una cantidad tan grande de aire que aumentó de tamaño hasta parecer el cobertizo de un jardín y se quedó flotando en el aire.

Rápidamente, tiré dos cuerdas a su lomo, cubierto de espinas, y las até a la plataforma de mi balsa. Y el pez me izó poco a poco de las olas.

Eso sucedió hace algunas horas, y todavía continuamos elevándonos. Dispongo de visibilidad a kilómetros de distancia en todas direcciones, pero no veo ni rastro de tierra; estoy convencido de que

este extraño pez hinchable no es capaz de aguantar la respiración un año entero, pero me temo que continuaremos volando un buen rato más, así que voy a atarme a la balsa a ver si puedo dormir un poco.

Volveré a escribir cuando aterricemos.

todo lo que sube...

¡El panorama ha vuelto a cambiar! Ahora me hallo a cubierto detrás de una roca inmensa, en medio de una vasta extensión de hielo, aunque el viento arranca pequeños trozos de hielo que me aguijonean la cara.

El pez hinchable y yo flotamos sobre ese enorme océano meses y meses, durante los cuales el paisaje no se terminaba nunca ni cambiaba de aspecto. Yo me alimentaba de cocos, grasa de ballena, agua de lluvia, algas y de unos huevos que conseguí robar de un nido de cormoranes mientras pasábamos por encima. Pero como el pez tenía que aguantar la respiración, no podía hablar, así que fue un viaje muy aburrido; lo máximo que conseguí es que de vez en cuando emitiera un gemido equivalente a «sí» o «no».

Pero al amanecer del día trescientos sesenta y cinco, cuando me desperté, vi un paisaje completamente distinto; en algún momento de la noche habíamos dejado atrás el océano y ahora volábamos sobre campos, colinas, granjas y caseríos. Saludé con alegría a la gente que veía abajo, pero ellos, al verme, se pusieron a gritar y a hacerme señales de que me alejara.

—¿Qué sucede? —pregunté yo a gritos, pero estábamos demasiado arriba para oír la respuesta, aunque, de cualquier forma, tampoco habría podido cambiar la dirección del pez globo. Así que continuamos volando hasta que las colinas se hicieron más altas, el aire más frío y el cielo adquirió un tono más grisáceo; muy pronto flotamos sobre las heladas cumbres de unas montañas puntiagudas.

Me agaché un poco, arranqué un trozo de estalagmita y lo lamí como si fuera un enorme polo; tenía un sabor delicioso pero muy extraño, tan apetecible como un deseo o un sueño, mejor que todos los helados que había probado jamás. Arranqué otro trozo y otro más. ¡Nunca me hartaba de ellos! Pero enseguida me entró sueño y los ojos se me cerraban; mientras me adormilaba,

¡Nunca me hartaba de aquellos helados!

oí que el pez chillaba, escupía y, con un ruido chirriante, caía como un globo pinchado.

—¡Récord mundial! —gritó mientras nos precipitábamos hacia las montañas a miles de

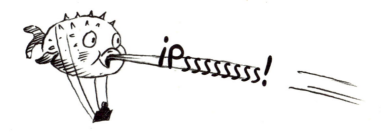

¡Pssssssss!

kilómetros de velocidad y nos introducíamos en una tormenta de oleadas de nieve cegadora. Pero, en esos momentos, yo ya dormía como un bebé...

NOTA DEL EDITOR

Aquí termina el segundo fragmento del diario. Si conseguís alguna información sobre Charlie Small, por favor, poneos en contacto con nosotros en **www.piruetaeditorial.com**

Diccionario pirata

He aquí el significado de algunas palabras piratas:

Andanada: Disparar todos los cañones a la vez, desde uno de los costados del barco.

Botín: Cosas robadas a un barco enemigo.

Calavera: Otra palabra para la bandera pirata.

Calmas ecuatoriales: Zona cercana al ecuador donde no hace, prácticamente, nada de viento, lo que dificulta la navegación.

Cortagargantas: Una pirata especialmente maligna.

Galletas: ¡Un bizcocho muy duro!

Gancho: Instrumento de tres púas que se utiliza para sujetar el barco enemigo y acercarlo, antes del abordaje.

Grumete: Sirviente del barco.

Marinero de agua dulce: Un mal marinero.

Mercante: Un barco que comercia.

Nueve colas: Un látigo terrible que tiene nueve cuerdas con nudos. ¡Ay!

Pasar por la quilla: Castigar a alguien arrastrándolo por debajo de la quilla del barco.

Pasta: ¡El botín!

Primer oficial: Segundo al mando, después del capitán.

Recompensa: Premio que se da por haber capturado a un pirata.

LAS OBRAS DE

Invitamos a que el público conozca nuestros productos, famosos en todo el mundo, construidos con la máxima perfección para cualquier situación comprometida.

¡Visiten nuestras maravillosas máquinas!

MÁQUINAS VOLADORAS: Para el intrépido aventurero del aire, impulsadas por energía elástica, capaces de funcionar a lo largo de miles de kilómetros.

◆

SUBMARANIMALES: Formas de las más variadas criaturas marinas, desde caballitos de mar mecánicos (para reparar redes), hasta ballenas hidroeléctricas que pueden alojar a trescientas personas y permanecer bajo el agua diez años seguidos.

◆

LA MOLE: Una impresionante máquina perforadora que incorpora unos potentes brazos con forma de pala y una espiral. Instalación opcional de cocina y cama. Una máquina imprescindible para los ingenieros de caminos, canales y puentes y exploradores del subsuelo.

AKEMAN, S.L.

Disponemos de muchos otros inventos, incluidos cohetes impulsados con abono, zapatos controlados por radio, rinocerontes a vapor y muchos, muchos más.

Visiten nuestras obras cuando lo deseen.

Mis ~~diez~~ súper héroes

1. Spiderman
2. ~~Batman~~ Doctor Who
3. Sherlock Holmes
4. Tintín
5. Batman
6. Dan Dare (personaje de los cómics viejos de mi padre)
7. Robin Hood
8. Doctor Syn, el Espantapájaros (personaje de los libros viejos de mi abuelo)
9. El Zorro
10. Superman

también me entusiasma Tarzán

Algunos de mis exploradores

y aventureros favoritos

(sin seguir ningún orden)

Neil Armstrong y Buzz Aldrin
(primeros hombres que pisaron la
Luna)
Scott y Amundsen (exploradores del
Antártico).
Doctor Livingstone (supongo) y
Stanley.
Ranulph Fiennes.
Hillary y Tensing (los primeros en subir
al Everest; ¿llevarían un bizcocho de
menta Kendal?).
Jacques Cousteau (explorador del
fondo del mar e inventor de la
escafandra autónoma).
Yuri Gagarin (primer hombre en el
espacio).
Ernest Shackleton (realizó una
expedición a la Antártida).
Capitán Cook (navegante y explorador
que descubrió las islas Hawai).
Mary Kingsley (exploradora de la época
victoriana que recorrió
partes peligrosas de
África).

Mi lista de deseos

Cosas que me gustaría haber incluido en mi equipo de explorador:

1) Más comida, especialmente chocolate

2) ~~Mosa Mosqui~~ Repelente de mosquitos

3) Muda de ropa interior

4) Mi gameboy

5) Un manual de explorador

6) ~~Brújula~~ (encontré una en el esqueleto del explorador)

7) Un cazamariposas, para
coleccionar especies nuevas

8) Un afilador de lápices

9) ≢Un saco de dormir

10)

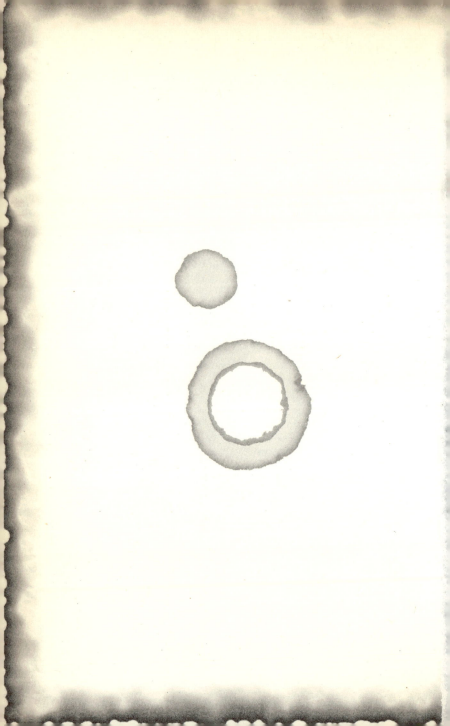